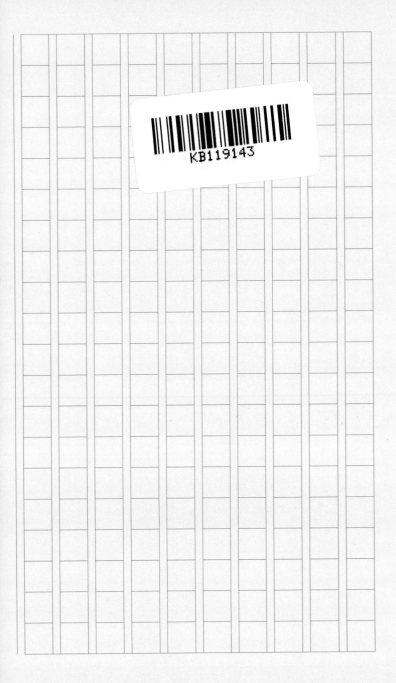

KB119143

코의 영광

나남
nanam

제22회 지훈상 수상작
코의 영광

2024년 4월 20일 발행
2024년 4월 20일 1쇄

지은이   이근화·송호근
발행자   趙相浩
발행처   (주) 나남
주소   10881 경기도 파주시 회동길 193
전화   031-955-4601(代)
FAX   031-955-4555
등록   제1-71호(1979.5.12)
홈페이지   http://www.nanam.net
전자우편   post@nanam.net

ISBN 978-89-300-4166-9
ISBN 978-89-300-8655-4(세트)

책값은 뒤표지에 있습니다.

지훈상

제22회

2024

코의 영광

지훈문학상
이근화

지훈학술상
송호근

나남
nanam

차 례

지훈학술상　　송호근

지훈·문학상·나남

'지훈문학상'은 새 세기가 열리던 2001년에 만들어
졌습니다. 그때나 지금이나 이 땅에 문학상은 많고, 조
지훈문학상도 물론 그 가운데 하나입니다. 어쩌면 너
무 많은 것들 가운데 하나입니다. 상금도 그리 많은 편
이 아니라서 세속의 명망과 흠모가 높다고 할 수도 없
습니다.

그래도 조지훈문학상은 기특한 시인들을 열심히 찾
아내서 올해 수상자인 이근화 시인까지 22분의 수상
자를 '지훈芝薰'의 이름으로 칭송하였습니다. 이에 호
응하여 22분의 수상자 또한 기꺼워하며 새삼 지훈을
우러르고 조지훈문학상을 무겁게 받들었습니다.

제4회 수상자인 이시영 시인은 "세상에는 상도 많
고, 좀 외람되이 말씀드리자면 아예 없었으면 하는 상

도 많지만, 이렇듯 고매한 인품과 기품이 서린 지훈상을 받는 제 마음 또한 조찰히 기쁩니다"라고 수상소감을 밝혔습니다. 또 제7회 수상자인 김명인 시인은 "이 상은 우리 현대시의 우뚝한 이정표이셨던 조지훈 시인의 업적을 기려 주변인들의 정성으로 발의되었고, 제정 이래 그 취지만큼이나 상의 순결을 지켜내려고 애써온 것으로 알려져 있습니다"라는 수상소감을 남겼습니다. 다른 수상자 시인들의 마음도 대체로 이와 같음을 확인할 수 있습니다.

조지훈문학상은 '지훈의 이름으로 주는 상'이며, '상의 순결을 지키고자 애쓰는 상'인 것입니다. 이것으로 하여, 지난 20여 년 동안 조지훈문학상은, 너무 많은 것들 가운데 하나에서 너무 많은 것들과는 다른 하나가 되었다고 말씀드릴 수 있겠습니다.

조지훈문학상은 지훈의 이름으로 주어지는 문학상입니다. 큰 시인이나 큰 작가가 함부로 많을 수는 없습니다. 그런데도 시인이나 작가의 이름을 내세운 문학상이 많은 현실 속에서 조지훈문학상은 그 이름만으로도 특별합니다.

우리 근현대사가 겪은 격심한 혼돈과 시련은 그 시대를 산 큰 인물들의 삶에도 안타까운 영욕의 무늬를 남겼습니다. 그러나 조지훈 선생은 예외적인 큰 인물이었습니다. 선생의 크기와 올곧음은 시시비비나 의구심으로부터 훌쩍 벗어나 있습니다. 선생은 시인, 국학자, 선비, 사회비평가, 실천적 지식인 등 다양한 방면에서 큰 자취를 남겼습니다.

제18회 수상자인 장석남 시인은 "지훈 선생이 남긴 글, 행동, 정신에 정치 문화 공동체 모두의 건전한 발전에 참조해야 할 덕목들이 고스란히 남아 있다고 생각합니다. 다시 곰곰이 살려서 선명히 드러내고 널리 알려서 선양되어야 할 줄 압니다. 우리 현대사에서 이만한 크기의 인물을 가졌다는 것이 한없는 자부입니다"라고 말했습니다.

또 천상병 시인은 "아침 햇빛보다 더 맑았고, 전 세계보다 더 복잡했고, 어둠보다 더 괴로웠던 사나이들"가운데 한 분으로 그의 이른 별세를 안타까워했습니다.

지훈 선생께서는 병약하셨습니다. 그러나 그는 "조금만 건드려도 넘어질 사람이지만 폭력 앞에 침을 뱉는 힘을 가진 약자"(〈이력서〉)였습니다. 지훈 선생은 "한줄기 바람에 조찰히 씻기우는 풀잎"(〈풀잎 단장斷章〉)처럼 여리고 섬세한 존재이면서, 동시에 "스쳐가는 것은/ 오직 풍상/ 흔들리지 않는다/ 바위는// 그 역사를/ 가슴에 새길 뿐/ 냉철하고 엄숙한/ 위의威儀"(〈바위송頌〉)를 지닌 존재이기도 했습니다.

지훈 선생은 일찍 돌아가셨으나 지금도 많은 곳에서 살아계시며, 술꾼이셨으면서도 나라를 맡겨도 되는 분이었으며, 젊은 나이에 이미 노숙의 경지를 얻었으나 끝끝내 청년의 기백을 지닌 분이었습니다. 선생은 "눈물 많은 시인이 총을 닦는다"(〈새 아침에〉)라고도 했습니다. 이처럼 지훈 선생은 양 극단을 아우르는 큰 인물이었습니다. 이런 분의 이름을 관사冠詞로 지닌 조지훈문학상은 그 자체로 큰 상이라 하겠습니다.

조지훈문학상은 나남출판사가 주관하고 있습니다. 지훈이란 이름이 조지훈문학상의 관사冠詞라면, 나남의 조상호 회장은 조지훈문학상의 동사動詞입니다. 조지훈문학상이 태어나고 계속 건강하게 움직이고 있는 것은 그 뒤에 때로는 안 보이고 때로는 보이면서 조상호 회장이 있기 때문입니다.

물론 조지훈문학상을 움직이는 주체는 운영위원회와 심사위원회입니다. 그러나 그 움직임의 동력은 나남에서 나옵니다. 앞서 언급한 조지훈문학상이 지닌 '상의 순결'은 이 동력의 순수성과 연관이 깊습니다.

조상호 회장은, 그가 고등학생이었을 때 먼 발치에서 본 지훈 선생으로부터 큰 인상을 받았습니다. 그는 당시의 감동을 훗날 "풍우에 약간 마모된 내 안의 미륵불을 발견한 것 같았다"라고 회고하고, "성장과정에서 길을 헤맬 때마다 바른 길을 밝혀주는 북극성 같은 어른"을 마음속에 모시고 살았다고 말합니다.

이 마음 속 모심의 행로는 1996년 10월 전 9권《조지훈전집》발간으로 나아갔고, 이어서 2001년에 '지훈상'을 제정하게 됩니다. 그러니까 조상호 회장의 조지훈 선생에 대한 극진한 존경심이 지훈상을 탄생시키고 움직이는 동력의 근원입니다. 내가 아는 한 다른 이유나 마음은 없어 보입니다.

이렇게 단순하고 순수한 동력에 의해 움직이는 상은 드물고 귀합니다. 또 단순하고 순수한 동력인 만큼 운영과 심사에 그림자를 드리우지 않습니다. 이것은 '상의 순결'을 보장하는 터전이 됩니다.

그리고 상을 지속적으로 운영하는 데에는 상당한 동력이 필요합니다. 공공기관이나 큰 언론사에서 상을 주관하는 경우가 많은 것은 이 때문입니다. 그것은 어지간한 재력가라 해도 한 개인의 존경심으로 감당하기에는 버거운 것입니다. 그럼에도 나남의 조상호 회장은 20년 넘게 조지훈문학상의 동력을 제공하고 있습니다. 이 동력은 제공도 순수하고 작용도 순수합니다. 그래서 이 동력으로 움직이는 조지훈문학상은 순결합니다.

조지훈문학상의 관사冠詞는 조지훈이고 동사動詞는

조상호입니다. 이 관사冠詞와 동사動詞는 인간과 문학의 문법에 잘 맞게 조합되어 아름다운 의미를 만들고 있습니다. 조지훈문학상의 수상자들은 이 의미의 통역자들입니다. 조지훈문학상이 끝없는 동심원처럼 멀리 그리고 오래 퍼져 나가기를 기원합니다.

이남호
문학평론가 · 전 고려대 부총장

지훈문학상

이근화

이근화 李謹華 Lee Geun hwa

1976년 서울 출생. 2004년 《현대문학》으로 등단.

시집으로 《칸트의 동물원》(2006), 《우리들의 진화》(2009),

《차가운 잠》(2012), 《내가 무엇을 쓴다 해도》(2016),

《뜨거운 입김으로 구성된 미래》(2021),

《나의 차가운 발을 덮어줘》(2022) 등이 있음.

김준성문학상(2010), 현대문학상(2013),

오장환문학상(2018), 상화시인상(2023),

지훈문학상(2024) 수상.

수상자
대표작

멍든 자국
《칸트의 동물원》(2006)

뼈
《우리들의 진화》(2009)

네가 사라지고
《차가운 잠》(2012)

왜 당신이 가져갔습니까
《내가 무엇을 쓴다 해도》
(2016)

춤추는 눈사람
《뜨거운 입김으로 구성된
미래》(2021)

너는 누굴 반사하니?
《나의 차가운 발을 덮어줘》
(2022)

모래알의 반란
〈창작과비평〉 2023년 여름호

위로와 안식
〈문학인〉 2023년 가을호

용서와 화해
〈문학인〉 2023년 가을호

여기에 없고 거기에 있는 것
〈유심〉 2023년 겨울호

멍든 자국

우편함에서 걸어 나오는 나쁜 소식처럼
어지럽고 어려운 고양이
독자성을 버리지 못하고 걸어가는 저 낡은 포즈

고양이는 뜻 없이 멈춰 서고
고양이는 뒤돌아본다
나는 시궁쥐의 공포 속으로
고양이의 발톱 밑으로
고양이는 부드러운 발길질을 멈추지 않고

계단의 높이
난간의 높이
담장의 높이
높이를 잃은 고양이들과
나의 데드마스크

어떤 자세로도 고양이는 추락하지 않는다
붉은 꽃잎 같은 고양이

길의 이쪽과 저쪽에서
고양이와 내가 살아가는 교묘한 방식

고양이는 나의 눈 속으로 제 발을 담그고
나는 나의 눈에 고양이를 묻는다

뼈

내가 뼈가 될게
돼지의 말씀의 가로등의
환한 뼈
전투적인 머리카락의 검은 뼈

마네킹은 온몸이 뼈처럼 서 있군
유리를 긁으며 소리 없이 웃는다
오후의 마네킹은 모래언덕 같은데?

돗자리 바구니 자전거에는 뼈가 없고
밤으로 가는 열차에서는 뼈가 녹아

뼈가 될게 새벽에는
참새의 부리가
지렁이의 뼈를 부러뜨린다

새벽부터 밥을 먹으니

내가 튼튼해지는 것 같아

내 뼈를 공원으로 수영장으로 이동시켜 줘

잉어들이 바닥에 수염을 꽂고

지느러미를 떼어 내며 욕하는 것 같은데?

뼈의 굵기나 길이는 중요하지 않거든

시계가 뼈를 벌리며 하루를 완성해

종소리가 귀에 뼈처럼 꽂혀

내가 여기 서 있을게

자라서 뼈가 될게

네가 사라지고

네가 사라지고도 너는 남아 있을 거야

갓 지은 밥 냄새를 훔치다가
다 된 빨래 냄새에 코를 맡기다가
목구멍으로 사라지는 냄새들의 운명을 점치다가

나에게 영원히 속해 있는 나의 손가락을 헤아려 본다
날마다 씻는데도 줄어들지 않는군

아이들과 노인들은 쉽게 버려지고 버려진 기분으로
스스로를 버리고 버린 후에 버린 것들을 천천히 밟는다
작은 발로 쭈글쭈글한 발로 짓이긴다

네가 사라진 자리에 너는 남아 활시위를 당긴다

사과 알처럼 붉고

사과 씨처럼 분명하고

아침인데 무엇이든 삼키고 보니

너의 복수는 달콤한 데가 있다

네가 사라지고도 너는 남아 있을 거야

피부 밑에 펄떡이는 혈관처럼

입속의 검은 방패처럼

내 기분과 감정이 한때 너의 것과 같았지만

나와 너는 팽팽히 당겨지고

물고기 한 마리가 튀어 오르고 어항 속이 고요해진다

베란다 밖으로 날아가는 빨래가 주말 오후를 찢어

놓는다

　그런데 오늘은

　말이 많고

　많이 먹고

　아무 냄새도 풍기지 않는다

　네가 아직 나의 곁에 아슬아슬하게

왜 당신이 가져갔습니까

상자 속에는 도넛이 여섯 개
무르익은 여섯 개의 구멍이 있습니다
따뜻한 손가락으로 당신의 꿈을 휘젓고 싶습니다

지난여름에는 살구가 익었고
투박한 소리를 내며 떨어졌어요
사람들이 서서 저마다 살구를 기다렸는데

굼뜬 할머니들이 눈썹을 치켜떴습니다
그래요 상자 속에 여섯 개의 도넛이 있고
얇게 저민 살구를 얹어서 크게 입을 벌릴게요

살구나무 아래 묻어두고 싶은 것이 있었지만
여름은 쉽게 지나갔고
눈먼 고래의 꿈속에서 도시들이 휘뚝휘뚝 무너졌습
니다

빈 의자가 뜻 없이 돌아갑니다
나의 꿈속으로 당신의 회색 발이 건너옵니다

내가 더 많이 꿈꾸고 사랑하고 춤을 추고……
차가운 바늘이 나의 향긋한 꿈을 꿰맵니다

한파와 폭설로 기울어진 지붕 위에 당신이 앉았습니다
당신의 주름진 입술이 새로 태어납니다

그런데 왜 당신이 가져갔습니까
신 살구를 깨물어 먹으면서도
그게 당신의 무너진 꿈인 줄 몰랐습니다

춤추는 눈사람

나는 여자를 사랑할 수 있게 되었다

나는 남자다, 아니 조금 여자다

고깔모자를 썼다

모자는 대책 없이 뒤통수 쪽으로 자꾸 흘러내린다

눈사람에게 코를 만들어주는 사람

팔을 꽂아주는 사람

성기를 만들어주는 사람

단추를 끼우는 사람

나는 역시 여자다, 아니 가까스로 남자다

눈사람은 보호가 필요 없다

바이러스에 걸리지 않는다

기침과 고열과 콧물이 없고

연대와 고통과 피가 없고

구름과 오래 눈을 맞춘다

사랑일까 아니 회색이다

눈사람은 눈사람을 낳지 않는다

친구가 없고 이웃이 없고

발밑만 있다 스르르 사라지며

축축한 입술만 남긴다

나는 남자를 사랑할 수 있게 되었다

나는 여자다, 아니 비로소 남자다

눈사람에게는 배움이 없다

깨달음과 명상이 없고

눈동자가 비었고

허공과 침묵으로 배가 부르다

눈사람의 배 속으로 들어가 웅크리고 잠들면

나는 여자도 남자도 될 수 있고

즐겁게 녹아내릴 수 있다

밤사이 눈사람이 한 걸음 걸었다

너는 누굴 반사하니?

제주도에 가서 고등어를 잡았어요
서른을 기념하기 위해서
고등어 삼십 마리를
양동이 가득 채웠어요
미끈거렸어요
나의 서른이
반짝거렸어요
나의 여자가

먹지는 않았습니다
생선은 싫어해요
양동이 가득 고등어를
바다에 되돌려주었어요
나의 서른이 쏟아졌어요
주르르
단번에

다 살아날까요
되돌아갈 수 있을까요
멈추지 않고
헤엄쳐 가면
만날 수 있을까요
고등어는
고등어는

의미가 없어요 삼십 세는
아무것도 아니어서 좋아요
마음대로 편집해도 좋아요
나의 여자는
순서가 없어요
물결처럼 멈추지 않아요
나는
언제부터였을까요

비행기를 탔어요

다시 집으로 돌아가려고요

나의 여자가 없는 내게로

내 여자는 다시없을 내게로

내가 나에게로

푸른

고등어로

모래알의 반란

이근화 시집을 샀다
제목은 모래알의 반란
내가 쓴 것이 아니다
품절이다
온라인 중고서점에서 주문했다
책값과 배달비가 거의 같았다
이근화가 이근화 시집을 사다니

시문학사 시인선 19번이다
1991년 3월에 발행되었다
내가 중 3때다
행당동 빨간집에서 떡볶이 사 먹을 때다
이근화가 열심히 떡볶이를 먹는 동안

이근화 시인은 모래알과 반란을 꿈꿨구나
시를 썼구나

열여섯 살 이근화는 시를 쓰게 될 줄 몰랐다
국어 선생님에게 노동가를 배웠을 뿐
빨간 꽃 노란 꽃 꽃밭 가득 피어도의
도가 어쩐지 마음에 걸렸다

시인이 될 줄 몰랐는데 시인이 되었고
또 다른 이근화 시인이 궁금했다
시집에 연락처가 있었지만
지금은 바뀌었을 것이다
연락을 해 볼 생각은 없고

가만히 시만 읽었다
모래알들은 왜 들고 일어났을까
시인 이근화와 이근화라는 우연은
아무것도 아니지만
모래알들을 쫓아갈까

함께 반란을 도모할까
휩쓸려가다 넘어지면 어떤 자세를 취해야 하나
이근화 시인이 이근화 시인에게 전화해서
이근화 시인 안녕하세요
이근화 시인입니다

시를 읽었어요 이근화 시를
혹시 이근화 시를 읽으신 적이 있나요
자디잔 이야기를 해볼까
그렇게 하지는 않을 것이다
이근화는 아직 제정신이다

프로필 사진을 곰곰이 들여다본다
이근화 시인이 이근화 시인을 보고 있다
그런데 내 얼굴은 누가 들여다볼까
미래의 이근화는 혁명을 꿈꿀까

시를 쓰며 이근화들을 만날까
이근화들은 다정하게 속삭일까

아직 대답이 없는 이근화들
이근화 시가 여기에 있고
이근화는 시인이니까
제 그림자에 빠져 허우적거린다
모래알도 비웃을 이야기
반란은 어림도 없는 이야기

위로와 안식

편의점 앞 그늘에서 맥주를, 커피를, 콜라를 마시는 사람들은 잠깐 시원합니다. 총을 맞고서 맞은 줄 알아서 잠깐 어이없어 하는 표정들을 닮았습니다. 그래서 총이군요.

그 총을, 살아남기 위해 자신에게 총을 겨누는 사람을 이길 재간이 없습니다. 끝까지 방아쇠를 당길지 알수 없습니다만

방아쇠를 당기기 전부터 피를 흘리며 웃고 있지 않습니까. 나는 여기서 한 걸음 물러날 테니, 그대는 한 걸음 나아가시오.

독립심과 애국심을 합쳐서 사랑으로 두들겨 폅니다. 이때 사랑을 거대한 방망이로 여긴 것은 아닙니다. 자신에게 총을 겨누고 웃는 사람은 우는 사람일까요.

편의점 앞에서 라면을, 김밥을, 빵을 먹는 사람들은 잠시 배고픔을 면합니다.

생각을 멈추는 것일까요, 멈출 수 있는 것일까요. 생각 속에 자라나서 피어나고 지고 썩어갑니다. 생각은 물기가 많습니다. 다만 생각을

멈추고, 멈추고 나서야 한 사람을 그려봅니다. 총기가 허용되지 않는 국가에서 총자루를 쥔 사람들이 인생의 다음 페이지를 열까요.

죽은 이들과 함께 인생의 다음 페이지를 넘길까요. 다음 페이지는 검은색. 웃긴 소리가 납니다. 죽는 고통과 사는 고통을 저울질하느라

일그러지는 얼굴로 총을 들 수는 없습니다. 총을 맞

은 나와 총을 맞을 내가 앉아서 인생의 다음 페이지를
찢어 종이비행기를 꼭꼭 접습니다.

　오래도록 흰색입니다. 종소리가 울립니다. 물처럼
귓속으로 흘러들고 가라앉습니다. 총을 맞지 않고도
오래도록 죽을 수 있다고

　생각을 멈추는 것일까요, 멈출 수 있는 것일까요. 생
각 속에서 무너진 나는 발가락을 꼼지락거리며 일어
설까 말까, 죽을까 말까

용서와 화해

사람들은 다들 조금씩 고부라진다. 눈을 맞추지 못하는 눈, 없는 냄새를 맡는 코. 울고 싶어서 연달아 웃고 싶어서

사람들은 다들 아주 조금씩만 미쳐 간다. 소리 없는 목소리로, 없는 소리를 듣는 귀로 하루를

이곳저곳을 떠돌며 자신을 나누어주며 이것저것에 몸을 맡기며 자신을 찢어발긴다. 물속 날개가 젖고 또 젖고

젖어 울도록 찢어져 웃도록 정말 사람들은 미치지 않을 수 있는가. 온통 눈뿐인 날개, 온통 귀뿐인 날개, 온통 목뿐인 날개

하늘과 바다가 만나 서로를 깊이 찌르기 위해 끌어

안지. 서로의 정의를 서로에게 사랑이라 말하며 두 팔
은 타오르지

  제대로 숨도 못 쉬는데 살아 있다고 굳게 믿는 사람
들, 어쩌면 조금 살아 있는 사람들

  겨드랑이로 간신히 호흡하며 거친 삶을 이어가는
동안 미치지 않고, 미치지 않고 부지런히 맨발로 걷고
뛰는 동안 간신히 사람들

여기에 없고 거기에 있는 것

대중목욕탕 탈의실에서는 길을 잃기 쉽다
옷장이 같고 번호가 나란하고
벗은 몸들이 복도마다 서 있다
내 몸 같고 네 몸 같은 몸들이
서로 비슷한 냄새를 풍기는데
한 곱사등이 난쟁이 구석에 서 있다
아이가 집요하게 그 등에 뭐가 들어 있는지 묻자
곱사등이 난쟁이 워이워이 사래질하며 아이를 쫓는다
아이의 손가락은 물러서지 않는다
그 등에 뭐가 들어 있는지 꼭 알아야겠다는 거지
아이 엄마는 거의 울상이 되어
벗은 아이의 납작한 등짝을 후려친다
울고 싶은 건 곱사등이 난쟁이의 구석이다
서둘러 옷을 꿰려는데
잔인도 하지 옷은 둘둘 말리고
둘둘 말린 옷은 불룩한 등을 가릴 생각이 없네

속옷도 아랫도리도 내버려 두고

등허리의 물기를 먼저 닦아야 하지만

팔이 짧고 수건도 짧고 온통 축축하여라

복도만 길어라 옷장만 길어라 옷걸이만 달랑거려라

슬리퍼만 미끄러워라 내 신발만 없어라

어디로 가도 시원한 대답이 없을 것인데

하수구는 거품으로 뒤덮이고

거울은 얼룩으로 번지고

대중목욕탕 탈의실에서는 길을 잃기 쉽다

내 몸 같고 네 몸 같은 몸들이

서로 비슷한 냄새를 풍기는데

한 곱사등이 난쟁이 구석에 서 있다

수상자
근작

멋
〈파란〉 2023년 겨울호

자전거와 사람이 간다
〈포지션〉 2022년 겨울호

2년 후
〈포지션〉 2022년 겨울호

결정적 버선코
〈백조〉 2023년 여름호

사르르 녹는 천주님
〈백조〉 2023년 여름호

인터뷰
〈형평문학〉 2023년 여름호

코의 영광

내가 하는 모든 것들

가시論

기차가 울어요

멎

공공 화장실에서 용변을 보다가 멎을 보고 숨이 멎을 것 같았다. 멎진 화장실을 제안하는 문구였다. 멎지다. 멎지다. 멎지다. 하아, 숨을 쉬어야 하는데. 나는 무엇이 막혀 있는가. 무엇이 냄새를 피우는가. 상가에는 빵집이 있고, 꽃집이 있고, 부동산이 있고, 마트가 있고, 병원이 있다. 내가 갈 곳이 참 많다. 막혀도 뚫을 수 있고, 뚫려도 메울 수 있다. 나란 구멍인가. 문인가. 함정인가. 쏟아 버린 커피인가. 흙탕물인가. 진지하게 묻는 입인가. 단번에 오염된 똥구멍인가. 가고 싶지 않다. 멈추고 싶지도 않다. 난공불락의 성에서, 어두운 섬에서, 희미한 경계 위에서 멈칫한 발걸음. 신발은 검고 희고 짝짝이고. 매번 누군가 가져간다. 음식점에서 수영장에서 상가에서 나의 낡은 신발은 사라졌다. 기뻤다. 나 아닌 발을 갖게 된 나의 오랜 신발을 향해 인사를 한다. 멎지게.

자전거와 사람이 나란히 간다

아카시아 꽃잎이 날려 온통 뿌옇고
내가 아는 오월이 아니다
좁은 골목길 끝에 내가 아는 길이 나왔으면
앞만 보고 간다
간다
자전거와 사람이 나란히 간다
한 사람
안장 위에서 좌우로 핸들을 흔들며
속도를 늦추고 균형을 잡는다
한 사람
종종 잰걸음으로 발걸음에 속도를 붙인다
그래서 둘이 나란히 간다
내가 모르는 길 위에서
내가 모르는 두 사람은
어디에서 멈출 것인지
아카시아 꽃잎이 날려 온통 뿌옇고

여기가 도대체 어디인지 길을 헤매는 동안

골목길은 좁고

두 사람만 허락한다

내가 유령이 되면 괜찮다

괜찮다 나를 가게 한다

앞과 뒤가 없다

앉음과 일어섬이 없다

좁은 골목길이었고

나를 반으로 접었다

내 짝눈도 나란히 붙었다

눈을 멀게 하는 오월

허공을 베는 꽃잎들

좁은 골목길 끝에 내가 아는 길이 나왔으면

한 사람의 뒷모습

한 사람의 뒷모습

같은 사람이 아니다

내 발 위에 내가 있지 않다

2년 후

2년 후 아파트는 사라질 것이다
나무 위 둥지는 2년은 버티겠지
2년 후면 내 눈도 더 어두워지겠지
새 울음도 이사를 가겠지
새 웃음은 새 집으로 가겠지
강물 따라 더 멀리
아파트 상가 수선집의 바느질은 갈 곳이 있을까
아줌마의 솜씨는 명품인데
수선도 제작도 리폼도 모두 가능하고
강물처럼 유연하게 흐르고
허리를 꼿꼿이 세우고
곧잘 스타일을 만들어 내는데
세 평 남짓 수선집에는 없는 게 없다
나에게는 집이 없지
언덕만 있지
계단만 있지

집들은 내게서 자꾸 달아나고

나도 달아나고 싶다

새의 날개에 얹혀서

어디로 가고 싶은가 묻지 마시길

나는 발목과 발등과 발걸음이

다 같이 희미하다

이 중력이 사라진 곳이 나의 집

그림 같은 나의 집

그런데 아줌마 내게 말을 붙이네

집이 어디예요

아줌마의 솜씨 너머 라디오가 흘러나오는데

뉴스는 2년 전의 것이고

2년 후에도 뉴스는 흘러나올 것이고

갑작스럽게 웃느라

눈물이 나네

오래된 이야기야

우리가 어디서 만났더라
2년 후 수선집 아줌마를 어디서
만날까 우리의 발걸음을 어떻게
나눠줄까 새의 빈 날개를

결정적 버선코

버선 한 짝을 만들어야 했다
그걸 뭘 하려고?
그런 물음은 나의 것이 아니었다
작았고 예뻤다 무용했다
누구의 발도 허락하지 말 것

거의 다 됐는데
바늘이 점점 작아졌다
바늘귀에 꿰려고 실을 잡았는데
손은 계속 부끄러워지고
버선은 멀어지네

남들은?
그걸 질문이라고
다 완성하고 갔다
얼굴이 보이지 않았다

버선도 보이지 않았다

보이는 건
나와 미완성 버선
너무 작은 바늘과 너무 굵은 실
그리고 보이지 않는 채찍
그럴 듯한 위로

너의 것이 아니라는
하늘의 가르침
하늘색 가르침
실을 가르는 고통
바늘귀를 후비는 고통
뜬구름 잡는다는 말

박음질을 떠올리며 계속하였다

아무도 오지 않았다

새벽 문밖의 아이스크림처럼 달콤하였다

만들어지지 않은 버선코가 계속 울었다

사르르 녹는 천주님

졸다가 내려야 할 버스 정류장을 놓쳤다
두 정거장이나 더 가서 내렸다
오랜만이다 명동 사거리
성당 앞에 앉아 아이스크림을 먹었다
내가 모르는 천주님 마리아님
가슴이 답답하옵니다
아이스크림을 핥았다

반대 방향으로 다시 버스를 타고 손잡이와 흔들렸다
터널이 꽉 막혔다
앞에 앉은 아줌마도 졸고 있었다
나처럼 정류장을 놓치면 어쩌려고
누가 누굴 걱정하니
아줌마 다리에 꾸물거리는 저 초록은 뭐니

통통한 애벌레가 열심히 기어오르고 있었다

엄지손톱만 했다
이걸 어쩌나 아줌마를 깨워야 하나
애벌레를 잡아줘야 하나
손을 대다가 아줌마가 깨면 어쩌나
괜한 오해를 받는 건 아닌가

정강이를 지나 무릎에 이르자 다급해진 나는
아줌마의 어깨를 톡톡 두드렸다
아줌마는 깨어나자마자 어머 하고 화들짝 놀라며
무릎 위의 애벌레를 탁 쳐냈다
버스 바닥에 내동댕이쳐진 초록

사과하는 건 나였다 죄송해요
저기 애벌레가 자꾸 다리를 기어올라서…
깜짝이야, 나무 밑에 잠깐 앉아 있었더니…
그게 끝이었다. 아줌마는 다시 잠들었고

내가 아는 초록을 눈으로 쫓았다
버스 바닥을 가로질러 부지런히 기어갔다
한 여학생이 앉아 있는 자리를 향해 쉬지 않고
터널은 막히고 여학생의 뒤통수에는 눈이 없다
가서 또 어깨를 두드려야 하나

초여름 버스 안을 작은 초록이 휘젓고
사람들은 부지런히 졸았다
집으로 가는 길은 멀었다
나의 집은 거기에 있는 게 맞나

못 오를 산을 오르는 등산가처럼
숨이 가쁘고 발이 무겁고
내가 모르는 천주님 마리아님
내가 아는 달콤한 아이스크림
내가 아는지 모르는지 애벌레

여기저기 초록을 퍼뜨리고
이곳저곳 집 없이 옮겨 다녔다
기도하는 손처럼 구불거리는 애벌레
나는 애벌레의 마지막을 모르고
초여름 버스 안에서 그만

사르르 녹아 사라지고 싶었다
애벌레 멈추지 않을 것이다
천주님은 아실까
꾸물거림의 부지런한 이유를
집 없는 외로움과 근심을

인터뷰

나뭇잎이 떨어집니다

가을에 관한 것일까요

가을을 위한 것일까요

가을은 모릅니다

질문을 위한 입술처럼 피를 흘립니다

공중부양 수신제가

수직낙하 치국평천하

나뭇잎의 얘기입니다

몸과 마음과 국가는 쓸모가 없습니다

그걸 꼭 쓸어야 합니까

가을입니다

위생과 청결을 위한 비질일까요

정녕 쓸모없는 질문에 매달립니다

빗자루에 매달린 경비원들은 여유가 있습니다
소리 없는 질문에 희미하게 웃습니다
보람, 글쎄요. 그런 것은 없습니다

그날부터 야간경비원이 되기로 결심했습니다
낙엽들을 인터뷰한 결과입니다
밤의 낙엽들은 상처 난 입술 같고
침묵을 즐깁니다

살이 오른 낙엽들이 보이지 않습니까
바스락거리며 다 뛰쳐나갈 듯하지 않습니까

바닥입니다
가을입니다

우리의 쓸모는 비질에 있는 것이 아닙니다

쓸어 내고 있는 것은 낙엽이 아닙니다

공중부양 수신제가
수직낙하 치국평천하
이렇게 나란히 적어 놓고 무엇을 기다립니까

코의 영광

부끄러워서 코만 뜨겁습니다
화가 나서 코만 빨갛습니다
그때 코를 스프에 푹 담가
찍어 먹고 싶었는데요

코는 상상하기에 좋은 기관입니다
어둡고 음침합니다
코는 넘어뜨리기에도 좋아요
하필 코니 너구나

코가 크다면 주먹도 크겠지요
코가 길다면 다리도 길겠지요
아니요 코는 그런 것이 아니에요

비례나 반비례로 설명되지 않는 코
부글거리는 코

사라진 코

구식과 신식 사이에 늘어나는 콧구멍
붉고 꽉 막힌 나의 길
코가 깨졌습니다
코가 흐릅니다

내가 밟았습니다
향긋한 콧속에 누워요
갈라진 코에 기대요
점박이 코가 근사합니다

뭉개지면서 코는 웃었어요
바닥입니다
영광이에요

내가 하는 모든 것들

내가 사랑한다고 믿었던 이의 목을 깊이 찌르고
울며 깨어난 아침이었다

아무것도 하고 싶지 않았지만
해야 할 것들이 많은 날이었다
아침부터 밥을 먹지 않고 우는 아이와
냉장고에서 달걀을 꺼내 들고 품어 보겠다는 아이와

방 안에 살충제를 잔뜩 뿌렸는데
그게 현실이었는지 꿈이었는지
모기였는지 바퀴였는지 모르겠는
영원히 모르겠는

치과에 가지 않겠다는 아이와
잇새 여러 개의 이쑤시개를 꽂고 웃어 보이는 아이와

꿈속에서는 피가 투명해
분수처럼 솟구치는데
맑고 밝고 시원해
무지개 같은 기분이 들어
단번에 사라지는 느낌이야

미치겠는 시간과 고요한 시간 사이

물이 뚝뚝 떨어지는 손을 옷에다 아무렇게나 닦는
아이가 웃는다 젖은 손으로 등 뒤에 뭔가를 숨겼다
그게 뭘까

내 눈으로 나를 볼 수가 없고
내 손으로 나를 조를 수 없네

슈만의 일기장처럼 복잡하고 어려운 날들

내가 하는 모든 것들은

내가 알지 못하는 모든 것들

가시論

1

공중목욕탕에서 수영을 하며 물장난하는 아이들보다 당신이 더 나쁘다고 문책 당하는 것 같았다. 나도 모르게 그만, 장애 여성의 몸에서 폭력과 학대의 흔적은 없는지 살피게 되었다. 다른 아이들을 물끄러미 바라보던 눈이 나를 향해 뾰족하게 돌아왔다. 아무리 부인하려고 해도 마음이 무거웠다. 목욕탕에서는 웅웅웅 귀가 아프니 헛것이 보이는 게 아닐까. 못 본 척하느라 입술을 꼭 깨물었다. 흐르는 물도 가시가 있는 날이었다.

2

반복 행동을 멈추지 않는 아이의 모습에 교실은 익숙해진 것 같았다. 수업을 참관하느라 교실 뒤쪽에 서 있는 학부모란 사람들은 다 같은 얼굴이리라. 한 사람만 빼고. 한 사람의 얼굴은 더 어둡겠지. 방과 후 딸아

이가 말했다. 엄마 왜? 주말에 놀이터에서 만나서 함
께 놀았어. 걔가 비행기 날리는 걸 좋아해서 이면지 갖
다가 많이 접었어. 계속 날렸지. 뾰족한 비행기가 쉬지
않고 날아들었다.

3

　버스 안에서 또 울고 말았다. 아무 때나 두근거리고
아무 데서나 숨이 찬다. 아무도 쳐다보지 않았다. 누구
도 위로하지 않았다. 고마워라. 비가 내린다. 손수건도
없고 우산도 없고 가방 속에 손을 넣었으나 꺼낼 것이
많지 않다. 빈 가방에 나를 담고 싶지만 그게 가능할
리 없다. 손잡이에 매달려 어디든 간다. 가고 싶은 곳
이 없고 갈 데도 없다. 가방 속 오래된 물을 꿀꺽 마신
다. 사방이 가시다.

기차가 울어요

아무리 달려도 소용이 없어요
기차는 놓치라고 출발하는 게 아니겠어요
나뿐이겠어요 당신도 늦었습니다

우리가 어딘가로 가야 했던 것은 아니겠지요
꼭 가야 할 곳이 있었던 것은 아니었지요
그러나 달리는 기차 안에 더 재밌는 것이 있는 것 같고

나는 울어야 할지 웃어야 할지 몰라서
계속 달렸는데 숨도 가쁘지 않으니
내가 놓친 건 기차가 아닐 수도 있겠지요

기적을 울리지 않고 멈추는 일도 없이
기차는 나와 당신 사이에 달립니다
그걸 모르고 그걸 정말 모르고

맨발이 드러나도록 멈추지 못했어요
내가 타고 싶은 게 기차는 아니었을지라도
뜨거운 철길을 밟아 봅니다

당신은 구름의 말을 들판의 침묵을 전봇대의 조언을
받아쓰고 있었단 말이지요
꼭꼭 접은 편지는 내 주머니에 있지만 마음은

파도처럼 계속 일어나고 부서지길 멈추지 않습니다
텅 빈 손을 흔들며 인사했던 것일까요
나만 모르는 이별을 모두가 하고 있었던 것일까요

내가 모르는 것을 내 몸은 알고 있었습니다
깊은 잠에 빠져 달리는 기차를 하염없이 바라봅니다
멈추지 않는 기차가 내 몸을 통과하도록 내버려둡니다

'사람'이라는 교과서

고등학교 2학년 때 담임 선생님은 문학 교과 담당이었습니다. 선생님 별명이 '나빌레라'였어요. 학생들에게 언제라도 시 낭송을 해주셨습니다. 그중에서도 특히 〈승무僧舞〉를 낭송하기 좋아하셨습니다. 전통무용을 접해본 적도 없고 '박사 고깔'도 모르지만 선생님께서 "사뿐히 접어 올린 외씨보선이여" 하실 때면 볼이 조붓하고 갸름한 버선의 맵시가 어렴풋이 느껴졌습니다. 춤사위 속에 숨은 별빛 같은 번뇌는 십대 아이들에게는 좀 어려운 것이었지만 아이들은 주문에 걸린 듯이 함께, "나빌레라"를 외웠습니다.

그때는 제가 시를 쓰게 될 줄은 몰랐습니다. 다만 선생님의 "나빌레라"가 선생님에게 무엇일까 궁금해 했지요.

지금에 와서 헤아려 보면 그때 선생님께선 지금의 제 나이쯤이셨던 것 같아요. 나이든 선생님은 예민한

여고생들을 상대하는 게 쉽지 않으셨을 텐데, 울퉁불퉁한 저희를 "나빌레라"로 꼭꼭 눌러주셨던 것 같아요. 어디로 어떻게 튀어나갈지 모를 위태로운 저희들이었습니다. 효과 좋은 알약처럼 "나빌레라"는 마법을 불러일으켰습니다. 2학년 통틀어 저희 반은 이상하게 단결이 잘 되고, 사고가 적고, 성적이 좋은 반이었습니다. '나빌레라'와 함께한 시간들을 중년이 된 동창생들은 아직도 떠올리곤 합니다.

현대시는 노래의 주술성으로부터 많이 떨어져 나왔지만 언어를 고르고 매만지는 일에는 언제라도 나의 위치와 삶의 자세에 대한 고민이 담깁니다. 내가 날 잘 알지 못하고 방황할 때조차도 언어는 나의 집, 거처가 되어 줍니다. 다시 읽는 〈봉황수鳳凰愁〉라는 작품에는 "품석品石 옆에서/ 정일품正一品 종구품從九品 어느 줄에도/ 나의 몸 둘 곳은/ 바이 없었다"라는 구절이 있습니다. 이 '없음'에 대한 뼈아픈 발견이야말로 무수히 많은 다른 것들을 다시 돌아보도록 이끌었으리라 생각합니다. 지훈 선생의 시에서 느껴지는 아름다운 선과

빛들의 형상은 몸 둘 곳 없는 자의 집이며 거처라는 생각이 듭니다.

지상의 집 없는 사람만이 천상에 집을 짓습니다. 동서고금을 막론하고 천상에 집을 짓는 자들이 시인이라 할 것입니다. 그 지훈 선생의 거룩한 운율과 함께 집을 짓는 자로서, 지훈문학상 수상자로 호명된 것에 대해 무한한 영광이라 생각합니다. 외롭고 혼자인 것, 말없이 고요히 흔들리는 것, 맑고 그윽한 것. 지훈 선생처럼 계속 그런 것들을 따라가겠습니다.

좀 더 거슬러 올라가 볼 수도 있을 것 같습니다. 초등학교 시절 교장 선생님은 조회시간 훈화 말씀이 끝나면 꼭 학생들에게 시를 한 편씩 암송하게 했습니다. 운동장 단상에 올라가 전교생 앞에서 시를 암송하는 일은 어린 저희들에게 큰 고난이었습니다. 그 고난을 저는 목월 선생의 〈나그네〉와 지훈 선생의 〈완화삼 玩花衫〉으로 통과하였습니다. 순전히 시가 짧고 외우기 쉬워서 한 선택이었으니 청록파의 호흡이 어린 제게 빠르게 스며들었던 것 같습니다.

교장 선생님께선 크게 감동하시어, 어린 저를 귀애하셨습니다. 초등학생이 어찌 청록파를 알았겠습니까마는 담임 선생님조차 들떠서 학교 앞 문구점에 데려가 새 하얀 실내화를 사주셨습니다. 토끼 귀가 그려진 품질 좋은 실내화를 받아 들고 골목길을 '우다다다' 뛰어 내려갔습니다.

그러니까 선생님들께서 보여 주신 호의는 제가 시를 좋아하도록 만들었습니다. 그 후론 긴 시도 척척 외우게 되었습니다. 이후 저는 공부보다는 책 읽기와 공상으로 많은 시간들을 보냈습니다. 친구들에게 시를 적은 편지를 보내며 방학을 지냈습니다. 이런 무수히 많은 점들의 연결이 오늘의 저를 만들었습니다.

시는 '다리처럼' 사람을 건너가게 합니다. 젊은 시절 내면으로 깊이 가라앉을 때 절 끌어올려 준 것 역시 시 쓰기였습니다. 위태로움이 저를 압도할 때 쓴 시가 〈아이 라이크 쇼팽〉이었습니다. 그 시에는 검은 비닐봉지를 들고 선 횡단보도 앞의 여자가 있습니다. 내가 이를 수 없는 곳을 손끝으로 더듬어 가며 쓴 시가

〈칠레라는 이름의 긴 나라〉입니다. 그렇게 쓴 시들을 함께 읽고 다독여 준 동료 시인들이 있고, 저는 여전히 그들을 기억합니다. 사람들과 함께 시를 쓰며 한 지점에서 다른 지점으로 건너가는 법을 배웠습니다.

알 수 없는 세계를 알 수 없는 것으로 두도록 절 가르친 것은 고양이들입니다. 골목길 담장 위 고양이들의 고요한 눈동자와 사라지는 꼬리들이 저를 매혹했고, 저는 고양이들을 쓰며 시 쓰기에 점점 빠져들었습니다. 고양이들은 제가 골목길의 어둠에 침잠하지 않고 오히려 사람들의 세계로 나아가도록 해 주었습니다. 아무 데나 가지 않지만 어디라도 갈 수 있는 일, 그게 바로 제가 배운 시 쓰기입니다.

그러나 '천상의 집'이나 '보이지 않는 다리' 같은 건 이제 아무도 중요하게 여기지 않는 것 같습니다. 문학 관련 서적들은 많이 읽히지 않고, 여러 책 가운데서도 일부만 편중되어 소비되고는 합니다. 책을 읽는 일보다 더 쉽고 재밌는 것들이 많습니다. 즐길 거리들은 점점 더 다양해지고, 인간의 한계가 어디까지인지 예측하기도 어려워 보입니다. 기술에 대한 믿음과 안정된 삶에 대한 지향이 미래의 인간에게 행복만을 가져다줄 것인지는 잘 모르겠습니다. 눈에 보이는 것, 교환 가능한 것, 성과를 만들어내는 것이 모든 인간 활동의 중심이 될 수는 없을 텐데 과도하게 쏠려 있다는 생각이 듭니다.

함께 살아가기 위한 지난한 노력을 가치 있게 여기는 것이 쉽지는 않겠지요. 빠르게 성공해야 한다는 강박은 대부분의 사람들을 낙오자로 만듭니다. 우연과 운보다 가혹한 논리가 팽배한 이 세계에서 자기 길을 용기 있게 가는 사람, 상생의 길을 모색하는 사람들이 더 많이 필요해 보입니다. 차이 너머 그 이상을 사유할 수 있으려면 성찰과 반성뿐만 아니라 여전히 상상력이 필요합니다. 다름과 다음이 없다면 인간은 앞으로 나아갈 수 없을 것입니다. 다른 선택과 불가능한 시도도 언제나 환영받을 수 있는 사회를 원합니다.

오래전에 토끼 이야기로 숲을 가꾼 베아트릭스 포터가 있었습니다. 정원에서 혼자 이끼와 버섯 등을 관찰하기 즐겨 하던 소녀는 아픈 소년을 위로하기 위해 《피터 래빗》이라는 악동 토끼 이야기를 만들어 냅니다. 이 이야기는 여러 출판사에서 거절되었지만, 자비 출판을 하여 널리 읽힐 수 있게 되었습니다. 베아트릭스 포터는 책을 판매한 수익금으로 허름한 땅을 헐값에 사들여 방치했답니다. 개발을 저지한 것이야말로 가장 훌륭한 선택이 되고 지금 그 넓은 땅들은 천애의 숲을 이루어 가장 아름다운 자연 유산으로 기록되고 있습니다. 포터의 그러한 선택이 아니었다면 지금의 울창한 숲은 존재하지 못했을 것입니다.

먼 영국 땅의 아주 오래된 이야기지만 언젠가 그곳 정원과 숲에 한번 가 보고 싶습니다. 경기도 포천의 나남수목원을 가만히 상상해 봅니다. 조상호 회장님과 사모님의 덕성이 이루어 낸 수목원의 아름다움을 머릿속에 그려 보는 일이 무척 즐겁습니다. 소중한 저희 네 아이들도 포터처럼 나무와 돌멩이, 풀과 벌레들을 사랑합니다. 숲에서 아이들과 귀한 시간을 함께 보낼 수 있는 기회가 주어져 벌써 행복합니다.

그러나 아쉽게도 저의 '산방山房'은 대도시 한가운데 아이들과 함께 있는 공간입니다. 그곳에 시끄러운 배움이 저와 항상 함께합니다. 아이들 이야기를 좀 해 볼까 합니다.

글을 쓰는 사람에게 가사와 육아가 미칠 부정적 영향에 대한 우려에 꽤 오래 맞서야 했습니다. 일을 하는 수없이 많은 여성들이 같은 문제에 부딪히고 있다는 것을 잘 알고 있습니다. 인생에 넣고 뺄 것을 스스로 온전히 선택할 수 있다고 생각하지는 않습니다. 제 인생의 성과를 되돌아보건대, 대부분은 운이 좋았습니다. 또 제가 어찌할 수 없는 것들이 있었기에 우연이 이끌어 낸 것에 순응하며 살았습니다.

그렇게 해서 맞이한 아이들은 제게 가장 훌륭한 교과서가 되어 주었습니다. 삶이라는 교과에도, 문학이라는 교과에도 아이들을 빼놓을 수 없을 것 같습니다. 물론 저는 폭풍 잔소리를 하는 까칠하고 예민한 엄마지만, 날마다 아이들에게 배웁니다. 그 배움은 다른 곳에서 찾을 수 없는 완전히 새로운 것이었습니다. 아이들은 제게 작은 것들에 귀를 기울이고, 소소한 아름다움을 알게 해주었습니다. '그래도 괜찮다'고 말해 준 것은 언제나 아이들이었습니다.

네 아이를 키우며 시를 썼고, 여섯 권의 시집과 두 권의 동시집을 발간하였습니다. 아이들과 지내며 동시를 쓰는 동안 어린 시절의 '나'와 만날 수 있었고 그건 아주 특별한 경험이었습니다. 사춘기에 접어든 아이가 이해가 잘 되지 않아 청소년 시도 쓰고 있습니다. 사춘기 아이들의 목소리를 연습한 후에 저는 아주 조금 달라질 수도 있겠다 싶었습니다. 시인으로서, 여성으로서 산다는 것. 그 일상에 관한 산문도 많이 썼습니다. 쓰지 않고서는 그 시간들을 건널 수 없었을 것입니다.

글을 쓴다는 것은 나를 이해하는 길이며, 다른 사람을 향해 가도록 하는 방법이 되어 주었습니다. 쓰는 행위가 저를 좀 더 나은 인간이 되도록 합니다. 글을 쓰는 충실한 순간이 없었다면 사는 게 더 힘들어졌을 거라 생각합니다. 나이가 들면서는 비정상적 감정들에 휘말리기 쉬운 것 같습니다. 과도한 속도와 변화

에 함몰되어 어딘가로 떠밀려 가는 것도 같습니다. 책
임감 있는 어른으로서 좀 더 성숙해지고 싶지만 그게
그렇게 쉬울 리가 없습니다. 제가 다짐하는 것은 언제
라도 쓰는 행위 속에 저를 가만히 정향시키는 일입니
다. 계속 쓰면서 나아가겠습니다. '사람'이라는 위대한
교과서를 잊지 않겠습니다.

　감사합니다.

이근화

1978년경 오빠들과 함께. 마당이 있는 집, 덜컹거리는 철 대문, 죽어
버린 개, 입 다문 항아리, 소란스런 이웃들, 우물의 어둠, 축축한 이끼,
골목길 고양이 울음소리. 그곳으로부터 멀리 벗어나고 싶어 지금까지
힘껏 달려왔지만 그 기억의 주변을 맴돌았을 뿐이라는 생각이 든다.

1985년 금옥초등학교 3학년 걸스카우트 활동 중 간식시간. 옆에
눈 감은 친구 세경이는 2년 후 죽었다. 글짓기반 활동을 함께 하던
친구였다. 글을 쓰면서 종종 세경이 생각을 하게 된다. 빚진 기분으로
뭔가 쓰고 또 쓰는 것이 아닌가. 친구가 다 쓰지 못한 훌륭한 글들을
매번 상상하게 되었다.

1995년 단국대학교 국어국문학과 입학. 백경민 선배, 동기 홍지영과
함께. 선배는 마음이 착하고 좋은 사람이라 두 아들을 둔 멋진 아빠가
되었다. 대학에 가서야 사람들과 그나마 어울릴 수가 있었다. 홍지영의
도움이 컸다. 대학원에 진학하여 시를 쓴답시고 내가 오래 껄렁이는 동안
친구는 졸업 후 먼저 결혼을 하고 아이를 낳았다. 그 결혼식에서 혼자
펑펑 울었다.

2002년 12월 고려대 대학원 합평회 사람들과 함께. 이계윤, 노춘기,
이장욱과 신해욱(그들의 결혼식 직후), 김종훈, 주영중, 이현승 시인.
사진 바깥에 이영광, 권혁웅, 김행숙, 하재연 시인이 있다.
이들과는 오래 만나 왔지만 주로 술자리에서 기우뚱한 표정들로
찍혀 있고 제대로 된 사진이 한 장도 없다.

2004년 11월 이현승 시인과 결혼. 서승희, 김미경, 이은경, 오현숙,
이지영. 중고등학교 친구들이 광양까지 와 주었다. 몇몇 친구들은
지금까지 한동네 살며 종종 만나 수다를 떤다. 늘 비슷한 얘기지만
해도 해도 끝이 없다. 그 반복 속에 주름이 생기고, 뱃살이 늘고, 우애가
생겼다. 이제 하나둘 부모님을 떠나보내며 애도와 상실을 배우고 있다.

2013년 현대문학상 시상식. 이남호, 김사인, 김숨, 양숙진, 최승호,
박혜경 선생님. 사진 바깥에 김영정 대표, 윤희영 팀장이 있다. 가려진
존재들의 목소리에 입술을 달아주는 일이라 생각하며 시를 썼던
시기다. 예상치 못한 수상 소식에 그저 얼떨떨했다. 2014년부터는
이기호 소설가, 박상수, 서희원, 백지은 평론가와 함께 월간 〈현대문학〉
편집자문위원으로 활동하고 있다.

2019년 가족 여행. 아이들과 곧잘 평창에 간다. 숲속 트래킹과 온천욕을
하고 나면 마음이 평온해진다. 그리고 그곳의 무와 배추, 산나물과
고기를 마음껏 먹는다. 한여름 대관령의 서늘한 바람을 맞으며 풀숲에서
빠져 나온 대왕사마귀나 바위틈의 깡충거미들을 한참 들여다본다.
겨울에는 발이 푹푹 빠질 만큼 눈이 온다. 조그맣게 눈사람을 만들어
여름까지 냉동실에 넣어 두자는 아이들. 거기 그곳에 아이들과 꼭꼭 박아
둔 기억을 언제라도 꺼내 볼 수 있을 것 같다.

지훈문학상 심사평

올해 2024년은 나남출판사가 문을 연 지 45년이 되는 해이다. 지훈상은 어느덧 22회째를 맞이하게 되었다. 숫자에 특별히 의미를 부여할 필요는 없지만 나남출판사 측의 조상호 운영위원장과 박해현 상임 운영위원, 신윤섭 상무, 심사 의뢰를 받은 이승하·장석남·조재룡 6명은 2023년 12월 19일 출판사 회의실에 모여 개선책을 논의하였다.

지훈상의 심사대상을 최근 시집을 낸 사람으로 하여 수상작을 선정하지 말고, 등단 후 10년 이상 활동한 시인으로 하여 그가 이룬 문학적 성취를 종합하여 심사하자. 각자 수상에 값하는 시인을 추천해 2인 이상이 지지한 시인을 5인 정도로 압축하자. 지훈상은 원로에게 주는 공로상의 인상을 주지 않도록 하자. 또한 시집을 이제 한두 권 낸 신인 급에게 주는 것도 문제가 있으니 등단 20~30년 정도 되고, 특히 근년에 들어 눈에 띄게 좋은 시를 쓰고 있는 시인을 찾아보자.

이러한 논의가 그 자리에서 이루어졌고 해가 바뀐 1월 16일 서울 시내 모처에서 만나 한 달간 각자가 찾아본 시인을 거론하였다. 그 결과 2인 이상의 표를 얻은 시인은 정확히 5명이었다. 이근화·성윤석·장이지·황유원·황인찬. 이들 중 어떤 시인이 상을 받아도 지훈상의 권위에 흠이 가지 않는다고 여겨졌다.

하지만 심사위원 세 사람은 한 달 전의 논의를 상기하면서 숙의를 거듭한 결과, 이근화 시인을 제22회 지훈문학상 수상자로 최종 결정, 출판사 측에 통보하였다. 출판사에서도 흔쾌히 이를 수락해 우리는 기쁜 마음으로 심사를 마칠 수 있었다.

이근화 시인은 1976년 서울에서 태어나 2004년《현대문학》을 통해 등단했으니 올해로 등단한 지 20년이 된다. 그간《칸트의 동물원》,《우리들의 진화》,《차가운 잠》,《내가 무엇을 쓴다 해도》,《뜨거운 입김으로 구성된 미래》,《나의 차가운 발을 덮어줘》등 여섯 권의 시집 외에 연구서《근대적 시어의 탄생과 조선어의 위상》,《문학이라는 신세계》등을 펴낸 바 있다. 이 외에도 동시집《안녕, 외계인》,《콧속의 작은 동물원》과 산문집《쓰면서 이야기하는 사람》,《고독할 권리》,《아주 작은 인간들이 말할 때》등을 냈으니 전방위 문필가라고 할 수 있다.

단국대 국문학과를 나왔으며 고려대 국문학과 대학원을 졸업(문학박사)하고 현재 단국대에 출강 중이다. 그간 윤동주문학상·젊은작가상·김준성문학상·시와세계 작품상·현대문학상·오장환문학상·딩아돌하 작품상·상화시인상 등을 수상하였다.

이근화 시인은 지난 20년 동안 여섯 권의 시집을 내면서 다양한 색조의 스펙트럼을 펼쳐 보였다고 할 수 있다. 가족과 이웃의 삶을 향한 연민 가득한 고찰에서부터 생명, 동물, 자연, 사회, 세계, 문명, 환경, 우주 등을 아울러 다루었다. 즉, 거대담론을 잘 건드리지 않는 시대임에도 주제를 놓치지 않으려는 끈질김을 보여

주었고, 소소한 일상사를 들추면서 독자와의 소통에도 신경을 쓰는 포용력 있는 시인임을 알 수 있었다.

이근화의 여섯 권 시집을 한자리에 놓고 일별해 보니 시의 소재를 아주 다양하게 선택하고 있고, 주제의 색깔이 조금씩 다 다르다. 현대인은 소리에 민감한데 각종 소리와 소음, 기계음 같은 청각적 이미지에 집중하는 시기도 있었고, "흰 눈송이", "잿빛 세상", "초록으로 부푸는 물결", "뻘건 죽 한 그릇", "비둘기의 청회색" 등 시각적 이미지에 집중하는 시기도 있었다. 서정시를 쓰는 시인은 대체로 시의 주제와 표현이 균등하여 시집과 시집 사이에 변별력이 없는데, 이근화는 동어반복을 혐오하는지 편편의 시가 색다르다. 시인은 결국 언어를 잘 다루는 사람일진대, 이근화 시인은 그런 점에서 이 시대의 진정한 언어 연금술사이다. 한 권의 시집 속에서도 빛깔이 다른 시들을 만날 수 있는 기쁨을 맛보게 한다.

5명 중에서 이근화로 낙점한 것은 장점이 특별히 뛰어나서도 아니고 약점이 덜 보여서도 아니다. 자연 서정이나 불교적 상상력에만 머무르지 않고 사회와 역사가 던져 주는 질문에도 답했던 조지훈 시인의 시적 행보에 가장 근접한 시인은 이근화 시인이 아닌가 하는 생각이 들었기 때문이다.

심사위원들은 내용과 형식을 분리해서 논하는 형식주의자가 아니다. 이번에 우리는 이근화 시인이 지니고 있는 시의 우물이 무척 깊고, 두레박으로 퍼 올린 물이 우리 시단의 작금의 수확에 대한 갈증을 해소해 줄 만큼 시원하다는 것을 알게 되었다. 하지만 여기에 만족하지 않고 아무리 퍼내도 마르지 않는 시의 우물이 되기를 기원한다. 이번 수상을 계기로 시 세계가 더욱 웅숭깊어져 한국을 대표하는 큰 시인이 되기를 바란다.

제22회 지훈문학상 심사위원회
심사위원장 **이승하** | 심사위원 **장석남 · 조재룡**

인터뷰

기꺼이 사는 사람으로

2024년 제22회 지훈문학상 수상자 이근화 시인이 박해현 나남 출판사 주필과 대담을 나눴다. 박 주필이 건넨 질문을 놓고 시인은 자신의 삶과 시 세계를 이해하는 데 길라잡이 역할을 할 답변을 우수수 활달하게 내놓았다.

박해현 (이하 '박')　　진부하지만 영원히 불가피한 질문부터 드린다. 왜 시를 쓰는가, 시란 과연 무엇이고, 시인은 도대체 뭐 하는 사람인가?

이근화 (이하 '이')　　재밌고 좋아서 시를 쓰기 시작했다. 지금은 조금 다르다. 시를 쓰는 동안 조금 더 인간적으로 좋은 사람이 되는 것 같아 쓴다. 쓰지 않으면 더 나빠질 것이다. 예술적 의미나 탁월함은 별로 없는 것 같다. 계속 쓰는 행위에 기대어 좀 더 인간적인 삶을 상상하겠다. 시인이란 자신이 쓴 글이 시라고 믿는 사람, 믿게 해 주는 사람이니까.

> **"어떤 말들은 인생의 한 지점에서 다른 지점으로
> 건너가게 해 주는 다리 역할을 한다."**

박   지훈문학상 수상자니 드리는 질문이다. 조지훈 작품 중 애송시를 꼽으라면 어떤 것이고, 그 까닭은?

이   수상소감에서도 잠깐 언급했지만, 고2때 담임 선생님이 문학교과를 가르치는 분이었는데 자주 〈승무僧舞〉를 암송해 주셨다. 그래서 "나빌레라"는 내가 평생 잊지 못하는 구절이 되었다. 주문에 걸린 듯 "나빌레라"와 함께 그 시절을 무사히 건너갔다. 어떤 말들은 인생의 한 지점에서 다른 지점으로 건너가게 해 주는 다리 역할을 한다.

박   습작 시절부터 등단하기까지의 과정을 간략히 되돌아봐 달라. 시를 쓰게 된 동기를 비롯해 습작 과정의 추억으로는 무엇이 떠오르는가.

이　다른 것들을 대부분 잘하지 못했는데, 시를 쓰면 사람들이 잘했다고 해서 계속 쓰게 되었다. 그냥 잘하는 쪽으로 자연스럽게 기울어 갔다. 기울어 가면서 다른 것들 대부분을 더 잘하지 못하게 되었지만 그런 나를 기꺼이 끌어안을 수 있었다.

박　올해가 등단 20주년인데, 그동안 시집 6권을 냈다(소시집 포함). 산문집과 연구서까지 포함하면, 정말 왕성한 필력의 소유자라고 감탄할 수밖에 없다.

　우선 첫 시집《칸트의 동물원》부터 묻겠다. 뛰어난 시인일수록 문학사에서 첫 시집부터 거론되며 점차 전설이 형성되니까. 첫 시집의 표제작이 된 시에는 칸트가 등장하지 않지만, 왜 제목에 '칸트'가 들어갔는가. 시와 철학은 친족관계라서 그러한 것인가.

이　'칸트의 동물원'이 무엇인지 나도 잘 모른다. 칸트의 철학서를 읽으며 이해는 잘하지 못했지만 깊이 매료되었다. '동물원'과는 꽤 멀어서 그런 제목을 지었을까. 반복해서 듣는 질문이지만 언제나 잘 대답하지 못한다. 어떤 의도 같은 것이 처음에는 있었을 텐데 애써 기억하고 싶지 않아서 머릿속에서 지운 것 같다. 그럴 듯한 이유도 아니었다. '칸트의 동물원'은 칸트도 아니고, 동물원도 아니고 그냥 작품 제목이자 첫 시집 제목이다.

그냥 낚싯바늘 같은 것이리라. 시를 낚기 위해 썼던 바늘 같은 것이었는데, 바늘의 크기나 모양을 잘 기억하지 못한다. 내가 낚은 물고기보다 바늘에 대해 묻는 사람들이 훨씬 많아서, 이후로도 무의미하고 이상한 제목들을 많이 지었다. 그런 내 장난기를 싫어하는 사람들도 있었다. 그래서 내가 매우 느슨한 사람이라는 것을 알게 되었다. 내 시도 얼마간 그렇다.

"불안하기보다는 흘러 다니는 '나'라고 해 두겠다."

박　첫 시집에는 "어떤 자세로도 고양이는 추락하지 않는다"라는 시구를 비롯해 고양이가 자주 등장한다. 고양이는 당신의 시 세계에서 어떤 역할을 하는가?

이　고양이 얘기도 수상소감에 잠깐 언급된다. 고양이를 키운 적은 없다. 그냥 어린 시절 골목길 친구다. 길고양이들과 자주 눈이 마주쳤고, 오래 눈을 맞추며 장난을 쳤다. 담장 위의 고양이들은 내게 알 수 없는 깊이를 선물해 주었다. 내 시의 상당 부분은 고양이들에게 빚지고 있다.

　고양이는 내게 풀기 어려운 숙제 같은 것인데, 나는 그런 것들에 항상 매료된다. 골목길의 어둠 속에서 나와 고양이는 아무것도 아니라는 생각. 그런 생각들을 하며 어린 시절을 보냈다. 가난하고 초라한 시절이었지만 고양이와 나의 눈빛은 꽤 빛나고 있지 않았을까.

박　첫 시집에는 1인칭 '나'가 꽤 많은 작품에 등장한다. "나는 이 형식을 벗어나서 휴식을 취할 수 없다", "나는 저 구름을 맛보고 싶다", "나는 그 순서를 모르겠지만", "난 엄마가 된 지 백년 됐다", "나는 양치질을 하고 물을 마신다", "나는 옆에 앉은 남자의 바지 주름을 보고 있다" 등등. 그렇다고 시적 화자 '나'는 자기 동일성을 확고하게 주장하지도 않는다. 특히 시 〈지붕

위의 식사)를 보면 "나는 나인 듯", "나는 나에 이른 것
처럼", "나는 내가 아닌 것처럼"이라고 한다. 무척 젊
었던(28세?) 당신의 첫 시집에서 '나'는 왜 그렇게 많이
나왔는가?

이   대부분 도망가는 '나'이다. 도망가고 싶지 않아서
무엇인가를 붙드는 '나'지만 무엇이든 오래 한 가지를
붙잡고 있지는 못했다. 불안하기보다는 흘러 다니는
'나'라고 해 두고 싶다. 흘러 다니는 여러 '나'들이 산
발적으로 출현하는 양상들이 첫 시집의 작품들이라고
해야 할 것 같다. 어리고 미숙해서 그랬을 것이다. 그
래도 되는 줄 알고 이후로도 계속 흘러 다니고는 하였
다. 꽤 골몰하면서도 가볍고 경쾌한 자세를 가지고 있
었다는 점 정도가 나의 개성일 것이다.

"기꺼이 사는 사람으로 존재하고 싶다."

박   두 번째 시집《우리들의 진화》역시 '나'가 숱하
게 등장한다. 그런데 첫 시집에 비하면, '우리'도 빈번

하게 출현한다. "살아남기 위해 우리는 피를 흘리고", "우리는 이 세계가 좋아서", "우리가 매긴 순위를 의심하며", "우리는 길을 똑바로 걸어", "우리를 지울 때까지/ 우리의 이름이 될 때까지" 등등. 당신의 시에서 '나'가 '우리'를 향해 나아간 과정은 무엇을 뜻하는가.

이 　'나'와 '우리'가 들어갈 자리를 의식적으로는 잘 구분하지 못한다. 단수와 복수의 차이는 아닐 것이어서, 시를 쓸 때 직감적으로 알 뿐이다. 그게 뭘까. 시집 해설에 보면 그 의미를 근사하게 잘 풀어 주어서, 마치 그것을 잘 맞는 옷처럼 내가 입었던 기억이 난다. 그런 옷들을 입을 수 있어 다행이라고 생각한다(비평이란 그렇게 멋진 일인 것 같다).

　지금은 인칭의 사용이나 변화가 중요하지 않은 세계로 건너왔다고 생각한다. '나'에 대해 쓰면서도 다른 사람에게 말을 건네는 고유한 방식을 항상 염두에 둔다. 누군가 함께 있다는 근사한 착각 같은 것이다.

박 　당신은 "외로운 자들이 자꾸 명랑해지는 이유를

하루 종일 생각했다"라고 쓰기도 했다. 그 궁리 끝에
얻은 결론은 무엇인가. 그 '외로움의 명랑성'이란 무엇
인가.

이　명랑함은 단지 살게 하는 것이 아니라 잘 살아
있다고 내 영혼에 인사를 하는 것과 같다. 기꺼이 사는
사람으로 존재하고 싶다. 그러려면, 남들에게 인사를
잘하는 것처럼 자신에게도 날마다 인사를 해야 한다.
손가락으로 톡 건드리면 갸우뚱했다가 일어나는 오뚜
기처럼 외로움은 기울게 하지만, 명랑함은 다시 일어
나게 한다. 여기서 '다시'가 핵심인 것 같다.

> **"꿈은 언제나 다 알려 주지 않아
> 내가 할 일이 많고 바쁘다."**

박　두 번째 시집에서 '맛'이라는 단어가 종종 등장
한다. 세 번째 시집 《차가운 잠》에는 김밥에 관한 시
가 있고, 빵에 관한 시가 있다. 당신이 좋아하는 맛은
무엇인가.

이 얼마 전 지인으로부터 빵을 선물 받았다. 꼭 끌어안고 있기 좋을 만큼 큰 빵이었다. 물, 소금, 이스트만으로 만들어진 거친 빵이다. 겉은 딱딱하고 속은 촉촉한 독일식 식사 빵. 내가 좋아하는 맛은 그런 빵들이 내는 고소하고 시큼한 맛이다. 물과 소금을 넣어 쪄 낸 감자, 된장만 넣고 끓인 배춧국도 좋아한다. 뜨끈한 순대를 어김없이 찾게 되는 힘겨운 날도 있다.

박 세 번째 시집은 그 제목 때문인지, 잠과 꿈을 다룬 몽상의 시학을 자주 보여준다. 잠과 꿈은 문학의 영원한 메타포인데, 당신의 시에서는 잠과 꿈은 남달리 혹은 독창적으로 어떤 역할을 하는가.

이 잠을 잘 못 자는 사람이다. 꿈에 시달리고 반쯤 꿈에 발을 담그고 산다. 꿈은 나를 가르친다. 그 앎은 괴상하다. 꿈속의 나를 개관하는 일이 남들에게 어떤 기분을 주는지 알아서 요즘에는 꿈 이야기를 잘 하지 않는다. 혼자서만 갖고 논다. 꿈은 언제나 다 알려 주지 않아서 내가 할 일이 많고 바쁘다.

박　세 번째 시집에선 '주머니' 이미지가 두드러진다. "물체는 대표성이 있고 주머니는 크기가 일정하다", "얼굴을 감출 수가 없었다 부끄러워 두 손을 호주머니 속에 넣었다", "주머니 속에서 가슴 속에서" 등등. 또한 첫 시집에서부터 자주 '비닐봉지'가 등장한다. 그런가 하면 "풍선 속에 또 하나의 풍선"에서 풍선이나 "뱀의 몸 밖으로 빠져나오는 것"에서 뱀이나 "다 닳은 신발을 구름이 신는다"에서 구름은 주머니의 변형으로 보인다. 심지어 '꿈'도 주머니처럼 보인다. 이러한 '용기容器'의 상상력은 당신의 시에서 어떤 역할을 하는가.

이　내 몸이 커다란 주머니가 된 느낌을 받은 것은 아이를 가졌을 때다. 몸이 유연한 주머니가 될 수 있다는 것이 놀라웠다. 무엇을 담았는지 알 수 없는 검은 비닐봉지의 불룩함은 나를 무섭게 한다. 멀리 날아가는 풍선을 보면 나는 어김없이 무릎이 꿇어진다. 대체로 주머니나 봉지 같은 용기들 앞에서 시적 감흥을 많이 받는 것 같다. 무엇이든 담을 수 있고, 뭐라도 쏟을 수 있어서 그런 것 같다. 실제 그렇게 쓰기도 했다.

박 시 〈창백한 푸른 점〉이나 〈입술 위의 점의 이동〉
에 동원된 '점'은 무슨 의미를 지니는 기호인가.

이 ('창백한 푸른 점pale blue dot'은 보이저 1호가 찍은 지
구를 일컫는 말이자 칼 세이건의 책 제목이지만) 큰 점부
터 작은 점에 이르기까지 내게 점은 붙박여 있어서, 강
력한 붙박임을 흔들어 깨워서 이동시키고 싶다는 마
음을 부르고, 그것의 가능성과 불가능성을 마구 따지
게 되는 것 같다. 점박이나 물방울무늬가 불러일으키
는 소란과 혼란스러움도 그렇고. 그런 것들은 모두 나
를 어지럽게 한다. 그 어지러운 감각에 질서를 부여하
느라 이렇게 저렇게 써 보는 것이다. 쓰고 나면 확실히
덜 어지럽다.

"그것이 없다면 인간도, 삶도 불가능할 것 같다."

박 네 번째 시집《내가 무엇을 쓴다 해도》에서는 '태

어난다'라는 서술어가 많이 보이는 편이다. "한 권의 책에서 정말 그렇게 살려고 내가 태어났다", "향긋한 입속에서 태어날 내 새끼들", "우리가 함께 태어난다", "내가 태어났네 내가 태어났네" 등등. 당신의 시에서 '탄생의 메타포'는 어떤 역할을 하는가.

이   아이들을 많이 낳아서 그런가. '태어나다'는 서술어를 그렇게 많이 쓴 줄 몰랐다. 그런데 '태어나다'라는 서술어를 사용한 구절들은 다 불가능한 것처럼 보인다. 애써 힘겹게 뭔가를 해도 잘 안 되니 '다시' 태어나게 하려는 안간힘이 느껴져서 쓸쓸하게 읽힌다.

박   당신의 시에서 책은 '미래의 책'으로 존재한다. 현실의 책은 쓰인 책이므로 과거의 산물이지만 당신은 한 권의 책에서 태어나서 그 책대로 살고자 하면서 책을 쓰는 듯하다. 이미 숱한 문인들이 받은 질문을 당신에게도 드린다. 당신의 삶에서 책이란 무엇인가.

이   집이다. 완벽한 집이다. 딱딱하고 차갑지만 그렇다. 그것이 없다면 인간도, 삶도 불가능할 것 같다.

박　네 번째 시집에는 '집' 이미지가 많이 나온다. '집'은 당신에게 무엇인가.

이　너무나 돌아가고 싶지만 돌아가지지 않는 곳. 책과 집에 관한 위의 두 질문이 나란히 붙어 있는 게 무척 신기하고 반가웠다.

> **"삶과 죽음 어느 쪽에도 속하지 못하는 사람들을 이 세계는 너무 많이 만들어 낸다."**

박　다섯 번째 시집 《뜨거운 입김으로 구성된 미래》에 수록된 시 〈뜨거운 팥죽을 먹으며〉는 "말 위에 탄 사람도 떨어뜨린다는 팥죽을 먹으며"라면서 시작하는데, 그것은 선녀와 나무꾼 설화의 마지막 장면을 떠올리게 한다. 선녀를 찾아 천계에 갔다 지상의 홀어머니가 그리워 천마를 타고 내려온 나무꾼이, 말에서 내리지 않은 채 어머니가 끓여준 팥죽을 먹다가, 뜨거워서 그만 쏘는 바람에 낙마하여 천계로 영영 돌아가지 못했다는 옛이야기. 그런데 당신의 시에서 팥죽을 먹는 사람들은 "귀신같은 얼굴"을 하고 있다. 다른 시 〈약속〉에서 "살아서 절망하는 사람들이 (슬픔과 분노에 시달리지만 제사 음식을 먹으며) 죽어도 즐겁다는 듯이 모였다"라는 구절을 보면, 사람과 귀신이 크게 다르지 않은 거 같다. 그런가 하면, 시 〈귀신은 즐겁다〉에서는 귀신이 누리는 행복을 예찬한다. 당신의 시에서 '귀신'의 역할은 무엇인가.

이 눈에 보이지 않는 존재들과 함께 살고 있다고 생각하지 않는다면 상실감을 극복하기 어려운 것 같다. 살아도 죽은 이의 얼굴을 하고 있는 사람들은 그런 믿음조차 가질 수 없는 사람들이다. 삶과 죽음 어느 쪽에도 속하지 못하는 사람들을 이 세계는 너무 많이 만들어 내는 것 같다. 무책임과 방기, 어른의 부재 탓일 것이다.

박 시 〈춤추는 눈사람〉은 사람이 갖고자 욕망하는

것은 하나도 없는 존재이지만, "즐겁게 녹아내릴 수 있다"라고 해탈의 자세를 보여 준다. 눈사람은 지난 시집에서도 종종 등장했다. 눈사람은 다른 시 〈귀가 접힌 고양이처럼〉에 나오는 "부유한 가난뱅이"처럼 당신이 시인으로서 지향하는 삶의 태도를 가리키는가.

이　눈사람에 관한 꽤 많은 시들을 읽어왔는데, 저마다 눈사람을 어쩜 그렇게 다르게 받아들이는지. 그러니까 눈사람은 '거울'이다.

　사람들은 눈사람에 자신을 통째로 투영한다. 저마다 다른 것을 본다. 눈사람은 날 미치게 한다. 너무 이상하지 않은가. 눈도 사람도 아닌 존재. 아무것도 말해주지 않고, 한 발짝 걸을 수도 없고, 조용히 녹아버리는 존재. 아무것도 남기지 않고 어디서나 출현해 버린다.

박　비닐봉지의 "검고 매끄러운 가능성"이란 시어에도 많은 의미가 함축되어 있는 듯하다. 당신이 시인으로서 꿈꾸는 가능성은 무엇이고, 당신이 바라는 현실의 가능성은 무엇이라고 말할 수 있는가.

이 마지막 질문은 어렵다. 이 물음에 잘 대답할 수 있다면 시를 쓰지 않을 것 같다. 여전히 시를 써야 하기에 시인으로서 꿈꾸는 가능성이나 현실의 가능성에 대한 대답은 미뤄 둬야 할 것 같다. 수상소감에 "다름과 다음이 없다면 인간은 앞으로 나아갈 수 없을 것입니다. 어이없는 선택과 불가능한 시도도 언제나 환영받을 수 있는 사회를 원합니다."라고 써두긴 했다. 다음번에는 정말 근사하게 대답하겠다. 좋은 질문들로 그간의 시간들을 되돌아볼 수 있게 해 주셔서 감사드린다.

송호근

송호근 宋虎根 Song Ho-Keun

1956년생. 서울대 사회학과 졸업.

동대학원 석사. 미국 하버드대학 사회학 박사.

현 한림대 도헌학술원 원장 겸 석좌교수.

전 포스텍 석좌교수, 서울대 사회학과 교수, 인문사회학

석좌교수 및 대외협력처장 역임. 미국 스탠포드대학 후버연구소

방문교수(1998), 미국 샌디에이고대학 '국제관계 및

태평양지역 연구대학원' 초빙교수(2005).

전 감사원 자문위원장. 중앙일보 칼럼니스트.

대표작으로는 20세기 한국인의 기원을 밝힌 탄생 3부작,

《인민의 탄생: 공론장의 구조변동》(2011),

《시민의 탄생: 조선의 근대와 공론장의 지각변동》(2013),

《국민의 탄생: 식민지 공론장의 구조변동》(2020)이 꼽힌다.

그 외의 주요저서로

《한국사회 무슨 일이 일어나고 있나?》(2003),

《한국 어떤 미래를 선택할 것인가?》(2005),

《한국의 평등주의, 그 마음의 습관》(2005),

《복지국가의 태동: 민주화, 세계화,

그리고 한국의 복지정치》(2006),

《독안에서 별을 헤다》(2009), 《위기의 청년세대》(2010),

《이분법 사회를 넘어서》(2012),

《그들은 소리내 울지 않는다》(2013),

《나는 시민인가》(2015), 《가 보지 않은 길》(2017),

《혁신의 용광로》(2018), 《정의보다 더 소중한 것》(2021),

《21세기 한국 지성의 몰락》(2023) 등

40여 편 및 장편소설 《강화도》(2017),

《다시, 빛 속으로》(2018),

《꽃이 문득 말을 걸었다》(2023)를 출간.

나는 무엇을 했을까

지훈芝薰상 수상 소식을 접하고 한동안 상념에 잠겼습니다. 젊은 시절에 오롯한 등불로 간직했던 그분이 상상의 공간에 재현됐습니다. 자네는 무얼 했느냐?고 물었습니다. 4·19 이후 선생이 〈고대신문〉에 쓰셨던 글이 떠올랐습니다.

"자기의 신념에 어긋날 때면 목숨을 걸어 항거하여 타협하지 않고 부정과 불의한 권력 앞에는 최저의 생활, 최악의 곤욕을 무릅쓸 각오가 없으면 섣불리 지조를 입에 담아서는 안 된다."

지조志操 개념이 생존을 좌우할 만큼 절박한 시대를 살지 않았던 저에게는 죽비였습니다. 또 물었습니다.

"오늘의 대학생은 무엇을 자임하는가? 학문에의 침잠을 방패막이하여 이 참혹한 민족적 현실에 눈감으려는 경향은 없는가?"

학문을 방패로 은신하려 했던 누추한 기억이 떠오

르자 다시 죽비가 내리쳤습니다. 지훈 선생의 죽비였습니다. 시대의 와류에서 대학도, 지조도 제대로 건지지 못한 채 퇴직한 저에게 학술상은 감당하기 힘든 부끄러움이었습니다. 자조自嘲까지는 아니더라도 자숙自肅하라는 준엄한 명령입니다.

자숙하려는 저는 지훈 선생께 한 수 가르침을 받고 싶습니다. 억제할 수 없이 분출되는 감정과 감성을 어떻게 그리 절제된 시詩로 가지런히 통제할 수 있는지요? 고통과 격동의 시대를 거치지 않은 저희들로서는 도저히 헤아릴 수도 없는 깊은 수양의 힘입니다. 학문에도 도량과 관용이 필수적임을 저희들의 수업 시대에는 누가 가르쳐 주질 않았습니다. 감성의 소용돌이를 이성의 도랑으로 끌어들여 시적 언어와 융해하는 그 일련의 숙련 과정은 학문의 필수 요건임을 이제야 깨닫습니다. 그런데 저는 아직 빈손일 뿐입니다. 흘러내리는 용암을 보고 허허로운 손짓만 할 뿐입니다.

때의 흐름이 조용히 물결치는 곳에 그윽이

피어오르는 한 떨기 영혼이여.

〈풀잎 단장斷章〉

그렇게 한 떨기 꽃이 되고 싶었습니다. 그런데 저의 학문 인생은 한 떨기 영혼이 될 수 없음을 뒤늦게 깨닫습니다. 이성과 감성이 뒤죽박죽된 저의 문장과 세파가 침투하는 저의 해진 사고思考 양식으로는 도저히 세상사를 논하기 어렵습니다. 막스 베버의 냉정한 분석과 칼 마르크스의 열정적 비판이라는 두 개의 경계석이 꽂힌 산 정상에는 올라가 보지도 못한 채 하산하는 저에게 지훈 선생의 절제된 언어의 세계가 위안이었습니다.

복사꽃 고운 빰에 아롱질 듯 두 방울이야

세사世事에 시달려도 번뇌煩惱는 별빛이라

〈승무僧舞〉

승무를 추는 여인의 감춰진 눈빛에서 번뇌를 읽어

낼 수는 없을까요? 세인世人들의 희로애락에서 세상의 현실을 간파해 낼 수는 없을까요? 학문과 문학이 용해된 인문학의 너른 시선을 냉혹한 이성과 분석의 세계로 끌어들일 수는 없을까요?

인간 이해를 절제된 언어의 세계에서 이뤄내는 일을 학문의 지조라고 한다면 저는 이제야 지조론志操論의 본질을 인지합니다. 국가와 사회의 현실에 신경을 곤두세우고도 논리의 세계로 이주해 지식 권력의 칼을 휘두르면 대학의 생명은 고사합니다.

제가 혹시 그런 조류에 휩쓸리진 않았는지 지훈상 수상을 계기로 자숙하고자 합니다. 이런 소중한 기회를 주신 나남출판사와 지훈상 심사위원들께 깊은 감사의 말씀을 드립니다.

21세기 한국 지성의 몰락[*]

···세계에서 이데올로기 접전은 아직도 치열하게 진행 중이다. 2001년 미국 맨해튼 월드트레이드센터가 무장단체 알카에다Al-Qaeda 테러에 의해 무너졌듯이, 이슬람 과격파의 대미전쟁은 지금도 지속되고 있고, 중국과 미국의 무역전쟁, 러시아의 우크라이나 침공도 이데올로기 충돌의 산물이었다. 정치학자 새뮤얼 헌팅턴S. Huntington이 쓴《문명의 충돌》(1993)은 사실상 이데올로기의 충돌이었다. 헌팅턴이 분류한 세계 8개의 문명권은 이데올로기를 생산하는 8개의 영토다.

20세기는 '이데올로기 시대'였다. 이데올로기가 세상을 구제할 수 있다는 강력한 신념이 지구 곳곳에서 부딪혔다. 이데올로기를 인간이 제조한 사상체계라고 할진대, 인간을 구제한다는 명분하에 인간 말살의 참

---

* 《21세기 한국 지성의 몰락》(나남출판, 2023)에서 발췌하였음.

극이 세계 도처에서 벌어진 것이다.

문명 전환은 기성세대가 물려준 유산의 완전한 청산, 프로이트식으로 말하면 '친부살인親父殺人'적 성격을 갖는다. 젊은 세대가 기성세대의 정신적·물질적 유산을 뒤엎는 것이야말로 역사의 동력이다.

이런 의미에서 세대generation는 반란의 전사戰士들이다. 어느 시대든 시대를 진단하는 일단의 파수꾼이 태어나고, 그 파수꾼이 전하는 말들에 공감하는 인구집단이 공명상자처럼 존재한다. 한 시대를 특징짓는 정치·경제적 상황들, 사회적 제도와 문화양식들이 특정 연령집단의 공통 경험으로 편입되는 과정에서 필연적으로 발생하는 재해석의 지적 모험들이 미래로 투사될 때 그 연령집단은 저절로 공명장치를 가동시킨다. 역사적 동력으로서 세대가 태어나는 순간이다.

19세기 문물에 반항하고 문명 전환의 동력을 분출시킨 세대를 로버트 볼R. Wohl은《1914년 세대》로 불렀다. 19세기 과학과 경박한 경험주의가 배태한 비인간적 자본주의 경쟁으로부터 인간을 구제한다는 굳은 의지에 불을 붙인 일단의 지식인이 태어났다.

죄르지 루카치 G. Lukacs, 벨라 발라즈 B. Balazs, 게오르그 스테판 G. Stepan, 알프레드 베버 A. Weber 같은 젊은 전사들이 새로운 시대정신을 향해 진군가를 불렀고, 앙드레 지드 A. Gide, 장 콕토 J. Cocteau, 올더스 헉슬리 A. Huxley 같은 문화 예술가들이 새로운 시대를 향한 지적 탐험에 나섰다.* 그들의 목표는 합리주의와 경험주의로 무장한 기성세대의 세계관을 일소하고, 도덕적 타락과 물질적 부패에 오염된 유럽을 구출한다는 원대한 포부에 맞춰져 있었다.

퇴폐와 비관주의를 엎어 버리고 새로운 정신적 양식을 찾고자 했던 1914년 세대의 연대감을 영국의 작가 버지니아 울프 V. Woolf는 이렇게 표현했다.

"우리 세대처럼 동년배 사람들을 사랑할 필요를 느낀 세대는 없었다. …또한 과거와의 거리감을 과감하게 표현한 작가가 이렇게도 많이 배출된 시대도 없었다."

말하자면, 헤르만 헤세 H. Hesse의 소설처럼 '황야의

---

* 알베레스 지음, 정명환 옮김(1981),《20세기의 지적 모험》, 을유문화사.

이리'가 도처에서 출현한 시대였다.

독일의 1920년대도 이데올로기의 격투장이었다. 갓 태어난 신생민주 국가인 바이마르공화국은 관념론과 결합한 새로운 이데올로기의 소용돌이에 빠져들었다. 도심 한복판에서 연일 서로 다른 이념 세력 간 유혈 충돌이 발생했다. 그것을 목격한 사회학자 칼 만하임 K. Mannheim이 이데올로기의 본질을 파고들었다. 명저 《이데올로기와 유토피아》(1929)가 나치 정권이 탄생하기 직전에 세간에 나왔다. 총체성을 상정하는 절대적 논리의 편파성을 따지고, 그것을 추종하는 이념 집단의 편향성과 위선을 인식론적으로 해명하려는 역작이었다. 상대주의에서 상관주의로, 상관주의에서 종합화로 진전하지 않으면 진리에 도달할 수 없다는 준엄한 경고이기도 했다.

관념론이 상정한 총체성totality이 귀납적인 것이라면, 만하임은 연역적 방법에 의해 종합적 전망에 도달하는 길을 열고자 했다. 그 과정에서 어떤 집단이 굳게 믿어 마지않는 진리체계가 이데올로기적 허구이자 위선임을 인식론적 사유체계로 입증했다. 전체주의로

118

미끄러져 들어가는 독일의 정치적·지적 상황을 우려하고, 그것에 편승한 나치즘의 준동을 이데올로기 특수성의 공간에 가두려 했던 것이다.

'이데올로기는 위선이자 허구'라고 주장했던 마르크스에 대적해서 만하임은 '모든 이데올로기는 허구'라고 썼다. 부르주아 이데올로기만이 아니라 프롤레타리아 이데올로기 역시 종합화에 이르지 못한 부분적 세계관임을 면치 못한다는 주장이었다. 종합화는 가능한가? 만하임은 지식인의 본질에서 그 해답을 찾았다. 일반 대중들보다 지식인이 종합화에 이르는 역량을 가진 집단으로 상정되었다. '자유부동적 인텔리겐치아free-floating intelligentsia'라는 그의 지식인론이 이 과정에서 도출되었다. 그럼에도 유럽 각국의 지식인들은 종합적 전망에 도달하기도 전에 이미 특정 세력에 내려앉아 그들의 이념적 행진을 부추긴 것이 1930~1940년대의 역사였다.

독일과 소련의 역사에서 입증되었듯이 '지식인의 반역'이라고 할 이념 제조자로서의 지식인 전통은 2차 세계대전을 거치고 냉전 시대에 이르기까지 더욱

치열하게 재현되었던 것이다. 1970년대 이후라고 해서 세계가 이데올로기의 마력에서 벗어난 것은 아니었다. 앞에서 말한 동구권의 붕괴와 소련의 해체가 증명하듯, 이데올로기는 20세기 초반부터 지구상의 열전熱戰을 초래했고, 1990년대 말까지 전 세계에 국지전과 무력충돌을 불렀다. 1993년 출간된 헌팅턴의 《문명의 충돌》은 문명 속에 내재한 다양하고 복합적인 요인들이 비타협적·호전적 이데올로기를 생산하는 원천임을 밝혔다.

20세기 문명을 '이데올로기의 질주 시대'라고 할진대, 그 속에는 두 가지의 핵심적 오류가 들어 있다. 과학을 통제할 수 있다는 믿음과, 지구는 풍요의 그늘을 거둬 주고 환경오염을 품어 준다는 믿음, 인간의 무절제한 생존방식에 대해 무한히 너그럽다는 믿음이 그것이다. 20세기만큼 과학이 발화發火한 시대도 드물 것이다. 과학은 산업화의 동력이었고 물질적 풍요를 가져다준 인간 지혜의 원천이었다. 내연기관의 비약적 발전으로 문을 연 20세기 과학은 핵폭탄과 핵발

전으로 나아갔으며, 컴퓨터공학이 정보산업의 총아로 등장해서 전 세계를 하나의 정보네트워크로 묶었다. 1980년대로부터 20년간 진전된 과학의 발전이 인류사 2천 년간 누적된 과학 성과를 몇 배 능가할 정도였다.

과학은 노동에 얽매인 인간의 굴레를 벗겨 준다고 믿었다. 과학은 인류를 기아에서 해방시키고, 자연재해와 재난에서 보호해 준다고 믿었다. 과학은 또한 오랫동안 암흑의 세계에 눌렸던 인류 사회의 진보에 기여할 것임을 믿었다. 그런 사실을 부정하지는 않았지만, 과학기술이 가져온 눈부신 문명이 오히려 인류를 새로운 억압체계로 끌고 간다고 경고한 일단의 지식인이 있었다.

독일에서 미국으로 망명한 프랑크푸르트학파였다. 그들은 '이데올로기의 종언'으로 상징되는 산업화와 물질문명의 레이스가 인간을 노동에서 해방시키고 삶의 자율성을 발휘할 자유의 공간을 넓혀준다는 사실을 일단 인정한다. 하지만 과학에 내장된 '기술적 합리성'이 '정치적 합리성'에 투영돼 인간사회를 옥죄는 새로운 통제권력으로 등장한다는 점에 주목했다. 프랑

크푸르트학파의 일원인 허버트 마르쿠제H. Marcuse는 그런 현상을 과학기술적 '전체주의화'로 명명했다. 마르쿠제는 마치 마르크스의 《공산당 선언》(1848)의 첫 문장을 연상시키는 논조로 1964년 출간된 《일차원적 인간》의 서문을 열었다.

"안락하고 순조로우며 적절히 민주적인 부자유不自由가 선진 산업문명 속에 횡행한다."*

그의 저서는 그런 경고로 가득 차 있다.

"기술은 새롭고 보다 효과적이며, 더욱 유쾌한 형태의 사회적 통제와 사회적 응집력을 구성하는 데 기여한다. …기술의 '중립성'이란 없다. 기술사회는 이미 기술의 개념과 구조 안에서 작용하는 지배체제인 것이다."

그로부터 60년 후인 오늘날의 세계에 꼭 들어맞는 이런 언명이 이미 1960년대에 제출되었다는 것은 놀랄 일이 아니다. 세계 국가들은 무역전쟁과 성장 레이스에 뛰어들어 과학기술의 긍정적 성과와 함께 급증

---

* 허버트 마르쿠제 지음, 차인석 옮김(1974),
  《일차원적 인간》(One-dimensional Man), 진영사, 〈역자 서론〉과 〈서문〉.

하는 위험을 중시하지 않았다. 전쟁 후 찾아온 풍요의 시대에 도취돼 과학기술 지배의 위험성에 대해서는 애써 외면할 수밖에 없었다.

그러나 과학은 인간의 통제범위를 넘어서기 시작했고 급기야 AI·디지털시대에 돌입하면서 수십 년간 지속된 과학에 대한 인간적 통제 환상이 깨지기 시작했다. 인공지능을 장착한 로봇, 오픈AI의 기술합리성이 오히려 지배체제로 등극하는 현상에 직면했다. '이데올로기의 시대'가 통제 불능 상태로 진입하는 과학기술에 주체의 자리를 내주기 시작한 것이다. 인간이 개발한 과학기술에 의해 인간사회의 행동양식과 사고양식이 규율되는 '과학의 시대'가 개막됐다.

다른 하나는 지구의 반격이다. 대량생산과 대중소비가 경제성장이 낳은 인류 사회의 생활양식이라 한다면, 그것이 급속한 환경오염과 기후위기로 발현되는 데에는 그리 오랜 시간이 걸리지 않았다. 기후위기는 2000년 미국 대선에서 낙선한 앨 고어A. Gore가 《불편한 진실》(2006)이란 저서를 펴내면서 세계적 관심이 고조되었다. 경제성장에 몰입한 대가로 인류는 지

구온난화라는 달갑지 않은 위협에 직면했다고 선언
했다.

기후위기 극복방안으로 제출된 네 가지 해결책들—
성장 레이스 완급조절, 탄소제로, 생산과 소비 적정
화, 대체에너지 개발—은 곧 문명 전환을 알리는 신
호탄이다. 미국의 MIT 공대에서 내놓은 2030년 아홉
가지 전 지구적 과제 중에 지구의 운명과 관련된 것
이 네 가지에 달한다. 기후위기, 자원고갈, 클린 테크
놀로지 Clean Technology, 그리고 생태친화적 기술 혁신
Technology Shift 이 그것이다.

과학과 지구를 통제할 수 있다는 인간적 오만으로
가득 찬 '이데올로기 시대'가 저물고 인간이 오히려 통
제대상이 되는 '과학 독주 시대'가 출항하고 있다. 이
것이 곧 인류가 목도하고 있는 문명 전환의 중대한 장
면이다.

(중략)

그렇게 과학 독주의 시대를 살아가는 현재, 디지털 테크기업들은 데이터교의 교주로서 인류와 인류 공동체를 데이터 세계로 포획하며, 모든 욕망과 행동을 관찰하고 통제한다. 수십억 명의 일거수일투족과 생각의 파편들을 끌어 모아 유효한 데이터로 만들고 개별 인간의 주체성을 데이터망 속에 빨아 넣어 형해화 形骸化 한다.

유발 하라리와 같이 21세기 문명의 절망적 질주에 대해 경고를 서슴지 않는 문명사가들이 더러 등장하기는 하지만, 주로 글로벌 테크기업들이 첨단과학기술의 창조와 생산을 좌지우지하는 상황에서 지성적 성찰의 주체는 거의 사라졌다. 20세기만 하더라도 대학이 그런 장소였다. 글로벌 기업들은 대학의 실험실과 랩에서 만들어진 창조적 기술과 지식을 연구기금과 맞바꾸는 형태로 그것을 상용화했다. 막대한 자금이 소요되는 과학실험을 글로벌 기업에서 후원해 사용권을 확보하는 방식이 주를 이뤘다.

그런데 지금은 사정이 달라졌다. 글로벌 테크기업이 거느린 전문 연구원과 기술진의 질과 규모가 대학을 능가하고, 테크기업의 선도적 역량은 대학이 따라잡을 수 없을 만큼 훨씬 앞질렀다. 대학의 첨단기술은 글로벌 기업이 상용화하는 테크 상품과 디지털 네트워크의 부속품에 불과한 정도다.

일론 머스크가 보유한 과학자와 기술진은 캘리포니아주립대를 다 합친 것보다 월등하다. 이른바 5대 디지털 테크기업인 FAANG(페이스북, 아마존, 애플, 넷플릭스, 구글)의 개별 동력은 MIT, 하버드대, 스탠퍼드대를 합친 것보다 크고, 이들 기업이 장악한 시장의 영향력은 아예 비교할 수도 없다.

글로벌 테크기업의 최고경영자들이 인권을 침해하는 알고리즘을 특정 네트워크에 탑재하라고 명령하거나, 인간 행동 데이터를 렌더링하는 과정에 신원을 추적하는 암호를 심어야 한다고 주장할 때 누가 대놓고 반대할 수 있을까. 디지털 테크 개발과 활용에는 내부 감시자가 없다. 누가 문명의 질주, 그것도 인류 공동체를 형해화할지 모르는 공포를 들춰내고 경고할 것인지가 문제다. 경고는 가능하지만 그 외침을 누가 들어줄 것인가? 그 외침이 들리기는 할 것인가? 휘슬블로어whistle-blower는 쉽게 추적되고 색출된다. 기업에는 휘슬블로어가 없다.

지성은 문명의 휘슬블로어였다. 문명의 치명적 폐해를 주시하고 경고했던 휘슬블로어를 배양하고 보호했던 곳은 대학이었다. 그런데 오늘날 대학의 목소리는 잦아들었다. 유명 학자와 저술가들이 출현해 경고등을 켜기도 하지만 그 불빛은 예전만 못하다.

일반 대중이 정보를 구하는 자원이 너무나 다양해졌고, 인터넷과 SNS를 타고 부정적 경고를 뒤집는 반대 논리가 네티즌들의 이목을 사로잡는다. 경고의 목소리가 희석되는 것이다. 과거에는 독점적 지위를 누렸던 지성인의 위상은 SNS 시대에 작은 초가집 정도로 전락했다. 대학의 지성인들이 목소리를 내도 하나의 이벤트 정도로 취급되는 것이 오늘날의 현실이다. 더욱이 대학은 글로벌 테크기업의 연구납품기관, 인력공급기관으로 위상 역전이 일어났다. 문명비판의 주체가 기술문명을 주도하는 조직의 하수인이 된 것이다. 지성 소멸의 시대로 진입했다.

요즘 대학가는 비상이 걸렸다. 3년마다 시행되는 교

육부의 '대학기본역량진단'을 통과해야 살아남는다. '벚꽃 엔딩' 존Zone에 위치한 대학들, 수도권이라도 학생들에게 인기가 없는 대학들은 사활을 걸었다. 대학기본역량진단을 통과하지 못하면 교육부의 재정지원이 끊기는데 등록금 동결, 진학자 급감 때문에 그것은 곧 사망 선고가 된다. 폐교가 답일 터이지만, 재단은 공익법인이라서 투자한 돈을 회수할 수 없다. 대학 신설도 어렵고 출구도 쉽지 않다. 입직구와 퇴직구에 교육부가 버티고 있기 때문이다. 이런 상황에서 지성인 배출은 꿈도 못 꾸고, 학생 교육마저 흔들리고 있다.

우리나라 대학의 시급한 현안은 서울 소재 대학과 지방대학이 다르다. 지방대학의 가장 절박한 문제는 교육보다는 생존이고, 서울 소재 대학은 경쟁력, 특히 4차 산업혁명에 부응하는 인력공급을 발 빠르게 해 주는 일이다. 학생들이 원하고 사회가 원한다. 여기에 지성인 배양이나 문명비판은 배부른 소리다.

교육부 정책은 대체로 반응적reactive이다. 주요 변동이 발생하면 따라가는 꼴이다. 한국 대학이 미래변화를 예측하고 그에 맞는 적절한 대비책을 구사할 능력이 있는지, 미래대응적proactive인지는 차치하고라도, 한국 대학들은 대체로 교육부의 뒤늦은 대책에 따라 아무 불평 없이 발걸음을 맞춰가야 한다. 불평이 들켰다간 교육부의 철퇴를 맞는다. 정부 돈을 따오지 못하는 총장은 교수들의 비난의 대상이 되기 일쑤며, 혹시라도 세계 대학랭킹이 한 단계라도 하락하면 학생, 교수, 동창회로부터 엄청난 포화를 감당해야 한다.

2016년 3월, 서울 광화문 소재 포시즌스 호텔에서 알파고와 이세돌의 세기적 바둑 대결이 개최됐다. 그때만 해도 AI는 그리 낯선 용어는 아니었으나 일반 시민들이 직접 그 위력을 목격한 것은 그날이 처음이었을 것이다. 결과는 국민이 한마음으로 응원한 이세돌의 대패였다. 머신러닝machine learning을 알차게 주입받은 알파고는 이세돌이 수십 번 기회의 수를 계산한 '신神의 한 수'에만 밀렸을 뿐이다. 이후 알파고는 세간의 관심을 한꺼번에 끌어모았으며, 드디어 AI가 먼 곳의 구름 위에서 일상 공간으로 내려왔다.

AI가 4차 산업혁명의 총아로 등극하더니 교육부 관

료들의 교육정책 리스트에도 1순위에 올랐다. 정책발상은 유사했다. 예산편성, 인력배양, 계약학과의 요건과 자격을 명시하고 인력 배양의 임무를 몇몇 선발대학에 맡겼다. 현재는 과학기술대학은 물론 주요 대학에 AI학과와 반도체 학과가 문전성시를 즐기는 중이며, 이들에게 협력체제 구축의 필요성을 말하는 인접학과들의 조심스런 제안은 AI 관련 영역의 독주 성향과 진입장벽에 막혀 낙화落花하는 중이다. 속되게 말하면, 잘나갈 때 곳간을 챙겨 두려는 학문 이기주의라할까.

시대의 요구에 부응하는 것은 대학의 임무다. 대학의 재정이 부족해서 정부가 어떤 형식으로든 지원하는 것도 순리다. 문제는 대학재정의 고갈 원인이 등록금 동결에 있고, 등록금 동결은 교육부의 권한과 규율체계를 강화했으며, 그것은 다시 교육과 연구의 방향을 틀어 놓았다는 점이다. 학생 교육도 문제려니와, 교수들은 정부의 지원금을 따기 위해 온 정열을 바친다. 정부 지원의 혜택을 받는 대학은 전국 400개 대학 중 3분의 1에 불과할지라도 모든 교수가 정부가 공고한 프로젝트 기금을 따기 위해 총동원되는 것이 학계의 현실이다. 지성이 들어설 자리가 없다. 정부 프로젝트를 문명론적 관점에서 비판했다가는 학교 당국의 눈살을 찌푸리게 할 위험이 있다. 그런 용감한 발언이 없는 것은 아니지만 동료들로부터 현실을 모르는 철없는 소리로 치부될 가능성이 높다.

"나도 아는데, 그건 생존 이후에!"라는 비난에 직면한다. 프로젝트를 따지 못하는 교수는 대학원생의 기피 대상이다. 그는 고립을 면치 못한다.

입시와 정원, 재정을 틀어쥔 교육부는 통제권한을 결코 내려놓지 않는다. 대학은 미래대응적 구조조정을 단행할 여력과 자율성이 없고, 자체 경쟁력을 배양할 자원이 절대 부족하다. 사립대는 국공립대에 비해 재정이 열악한데, 장벽과 장애물을 돌파해 비교우위를 키워 나갈 열정을 발휘하는 국공립대학은 드물다. 정원 조정은 교수진의 반발에 무산되기 일쑤이며, 정원 증원이나 독자적 입시안은 허용되지 않는다.

질문해 보자. 교육부의 권한은 교육경쟁력 증진에

기여하는가? 더욱이 4차 산업혁명 시대에 국가경쟁력 강화에 도움이 되는가? 이제는 대중교육 시대가 아니다. 평균능력의 상승에 의존하던 시대는 지났다. 상위 1%가 국민을 먹여 살리는 혁신의 시대에 그런 인재를 배양할 수 있는가? 교육보상률return to schooling과 계층상승 효과가 급락한 오늘날 형평성을 과도 강조하는 교육정책은 과연 공익적인가? 대부분의 세계 유명 대학들이 '아카데믹 자본주의academic capitalism'로 급선회하는 오늘날 재정 악화에 시달리는 한국 대학의 교육과 연구 능력은 향상되고 있는가?

한국의 교육은 이런 문제에 봉착해 있다. 대학은 돈을 찾아 헤매고, 교육부는 규제권력을 움켜쥐고 몸살을 앓는다. 한국 교육은 돈과 규제 사이에 끼어 운다.

그렇다면 한국의 대학은 지성인을 키워내는가? 그러고 싶다. 교수들도 그런 지성인이 되기를 원한다. 그러나 역부족이다. 숨 막히는 대학 현실이 그것을 용납하지 않는다. 업무와 잡무에 짓눌린 일상에서 스스로 학문의 본질에 충실한 길을 닦아 나가야 한다. 그 상황이 만만치 않다. 개인의 노력만으로는 될 일이 아니다.

이런 상황에서 유발 하라리, 제러미 리프킨, 재레드 다이아몬드, 또는 마이클 샌델같이 세계적 명저를 써낼 여유가 없는 것이다.

지성인이 될 충분한 역량을 갖춘 학자들도 대학의 숨 막히는 상황에 끼어 고군분투 중이다. 일반 교수들은? 재능과 역량이 넘치는 교수들이 많다. 연구에도 열심이고 대중적인 글도 쓴다. 그러나 관심을 끌기에는 역부족이다. 일반 독자들이 교수의 모든 역량이 결집된 역작에 관심을 쏟기엔 읽을거리와 볼거리가 흘러넘친다.

젊은 세대에게는 저서보다 유튜브 채널과 영상이 일상화되었다. 책은 팔리지도 않고 읽히지도 않는다. 영상으로 만들어 보급하면 몰라도 활자는 철 지난 소통 수단일 뿐이다. 그렇다고 전자책 e-book 이 많이 읽힐까? 읽히기는 하지만 누가 저자인지, 어떤 표현이 감동적인지, 어떤 논리가 설득력이 있었는지를 상세히 기억하기는 어렵다. 그래서 교수들은 저서 집필로부터 영상으로 자리를 이동 중이다. 영상은 지성인의 무대가 아직은 아니다.

대학은 전문인 양성소로 변해 가고, 교수들은 논문 제조에 열을 올린다. 그것도 비슷비슷한 작은 명제 증명에 몰입한 채로. 문명비판의 진원지인 대학에서 지성의 열정이 증발되는 오늘날의 현실이 이렇다…

지훈학술상 심사평

제 22회 지훈학술상의 심사보고를 드립니다. 우선 말씀드려야 할 것은 이번부터 상의 공식명칭이 '지훈국학상'에서 '지훈학술상'으로 변경되었다는 점입니다. 이름의 변경에는 지훈상운영위원회와 심사위원들의 고민이 담겨 있습니다. 조지훈 선생의 학문이 지닌 광대한 넓이와 도저한 깊이를 성찰하면서, 저희는 선생이 추구한 학문적 경지가 특정 영역과 분과학문을 넘어 무릇 인간 정신과 사유의 근원과 정점을 모두 포괄하고 있었다는 사실을 다시 새겼습니다.

가령, 우리가 살아가는 21세기의 문명사적 난국을 조지훈 선생은 어떤 시좌視座로 바라보았을까? 그가 지금 살아 계신다면, 어떤 정신과 비전으로 학문이 이 위기의 시대에 빛을 던져야 한다고 생각했을까? 우리는 이런 질문들에 대한 해답을 감히 헤아려 보면서, 지훈정신을 상징하는 이 상이 이제는 '국학'이라는 이름을 넘어, 더 넓은 영역의 학문들을 품어야 할 시점이 도래했다고 생각했습니다. 한국학, 인문학, 사회과학을 막론하고, 우리 사회가 이룩한 중요한 학문적 성취에 대한 상찬이 조지훈 선생의 정신을 제대로 기리는 길이라는 취지에 합의한 것입니다.

저희는 이런 근거와 연유에 합당한 올해의 수상자로 송호근 교수를 선정했습니다. 송호근 교수는 한국 사회학을 대표하는 학자의 한 사람이자, 오랫동안 우리 사회의 공론장에서 중요한 의견과 비판을 개진해 온 공공 지식인이기도 합니다. 더 나아가 특유의 미적 문체로 많은 독자들에게 다가갔던 에세이스트이자 문필가文筆家이기도 합니다. 송호근 교수는 날카로운 글이 세계를 꿰뚫고 들어가 그 작동 논리를 읽어 내고, 글을 읽는 인간들의 마음을 움직이고, 그로부터 그들이 살아가는 사회를 변화시킬 수 있는 강력한 역량이라는 사실을 자신의 학문적 실천을 통해 보여 준 보기 드문 지식인입니다.

송호근 사회학은 고전적 의미에서 인문적이며 문학적인 사유와 방법에 종횡縱橫합니다. 그의 글은 메마른 사회과학의 개념과 도식, 숫자와 논리로 현실을 환원하는 것이 아니라, 반대로 날것의 자료와 데이터에 살과 피를 돌게 해서 생명을 부여합니다. 송호근 교수의 저작들에서 우리가 산천의 풍경을 보고, 풍속의 냄새를 맡으며, 살아 있는 인간들의 고투와 욕망을 목격하는 까닭입니다. 그것은 이야기로 가득 찬 복잡하고 다층적인 리얼리티입니다. 그리고 이론의 큰 획이 다시 그 리얼리티를 가로지르며 큰 이야기를 던집니다.

이러한 점에서 그는 오롯한 고전적 인문사회학자의 풍모를 보여줍니다. 그는 큰 질문과 시대진단을 놓치지 않는 동시에 현실의 구체적 징후들을 포착하려는 시도를 멈추지 않았습니다. 그가 제기하는 질문이나 창의적 해답들이 아카데미의 영역을 넘어, 한국 사회의 담론공간을 가로질러 반향을 일으킬 수 있었던 것은 송호근 교수의 학문에 깊이 침윤되어 있는 저 인문정신의 힘에 빚진 바가 큽니다. 송호근 교수는 한국 사회의 요동치는 현실을 냉정히 관찰하고 진단하여, 우리는 누구이며 어디서 왔고 어디로 가고 있는가, 라는 질문에 대한 끊임없는 사회학적 해답을 추구해 왔습니다.

이런 의미에서, 저희가 이번 시상을 위한 논의 과정에서 특히 집중적으로 주목한 저서가 바로 송호근 교수의 한국 근대성 3부작입니다. 그는 2011년에《인민의 탄생》을, 2013년에는《시민의 탄생》을, 그리고 2020년에는《국민의 탄생》을 상재했습니다. 출판 과정만 10년에 걸쳐 있고, 연구와 집필은 더 오랜 시간이 투하되었을 저 역작들은 송호근 스칼라십의 한 귀결점을 이루고 있다고 할 수 있습니다. 그는 칼 만하임 Karl Mannheim의 지식사회학을 이론적으로 탐구하면서 사회학을 시작했고, 노동사회학을 전공하여 그 영역에서 다수의 연구 성과를 산출했습니다. 하지만 한국의 사회학자로서 그가 오랫동안 집요하게 궁구한 질문은 한국 근대성의 기원이라는 문제입니다.

수많은 논의와 이론과 가설들이 제기되었음에도 불

구하고 여전히 묘연하게 남아 있는 한국의 근대 사회와 근대적 시민의 기원은 무엇인가? 송호근 교수의 삼부작은 이 질문을 사회학의 본령이라 할 수 있는 '공론장' 개념을 중심으로 풀어가고 있습니다. 공론장이란 무엇인가요? 그것은 말하는 주체들이 서로 동등한 입장으로 토론과 숙의를 통해서 공통의 문제들을 논의하고 풀어 가는 담화 공동체입니다. 철학자 찰스 테일러Charles Taylor에 의하면, 근대사회를 상상하는 방법에는 세 가지가 있습니다. 장 자크 루소가 말한 주권적 인민의 관점도 있을 수 있고(혁명), 애덤 스미스에 뿌리를 두고 있는 자유주의 시장의 관점에서 볼 수도 있으며(자본주의), 하버마스가 이론화한 공론장이라는 관점도 존재하는 것입니다. 송호근 교수는 세 번째 관점을 취하여 조선시대부터 식민지 시대를 거쳐 가며 역동적으로 형성된 한국 공론장의 역사를 추출해 내고 있습니다.

그것은 한국의 근대를 경제학이 주로 다루는 '시장'의 역사나 정치학의 '국가' 혹은 '혁명'의 과정이 아닌 조선시대부터 뿌리 깊게 형성되어 20세기로 이어져 오는 담화공간과 그 주체라는 문제를 중심으로 다루고자 하는 것입니다. 이 확고한 이론적 관점을 간과한다면, 우리는 송호근 교수의 삼부작이 던지는 근본적 질문과 문제의식을 놓치게 됩니다. 그 핵심에는 근대성의 연속이라는 심원한 문제의식과 창발적 문제 제기가 자리 잡고 있습니다. 요컨대 송호근 교수의 근대성 삼부작에 따를 때 한국 근대의 주인공의 등장과 진화는, 기왕의 학계 연구가 천착해 온 자본주의 시장과 민주주의 체제보다는, 조선시대 이래 문자매체(훈민정음)를 중심으로 형성되어 온 담화공동체 및 평민 담론장에 직결됩니다. 주목할 만한 주장이 아닐 수 없습니다. 그들이 만든 여러 형태의 공론장들의 역사, 이것이 한국 근대를 가로지르는 유장한 흐름입니다. 이 테제가 바로 송호근 교수의 3부작이 던지는 굵은 획이자 이론적 종지宗旨입니다.

《인민의 탄생》에서 저자는 자신이 '문해인민文解人民'이라고 개념화한 조선시대의 담론주체의 형성과

성장을 다루고 있습니다.《시민의 탄생》에서는 1860
년부터 1894년까지의 이른바 '말안장 시대'에 그가 '자
각인민 自覺人民'이라 부른 존재들의 탄생과 그들이 근
대적 시민으로 변화해가는 과정을 탐색하고 있습니
다.《국민의 탄생》에서는 식민지 시기의 폭력과 억압
속에서도 잔존하며 꿈틀거린 여러 형태의 공론장들
을 다루고 있습니다. 이 장구한 공론장의 역사는 3·1운
동과 대한민국 임시정부의 탄생에서 멈춥니다. 즉, 대
한민국이라는 국호와 공화정이라는 체제, 그리고 국
민이라는 주체의 탄생까지가 송호근 교수의 삼부작이
탐험한 우리의 기원인 것입니다.

저희는 송호근 교수의 근대성 3부작이 사회학의 영
역을 넘어 역사학과 정치학 그리고 한국학의 영역에
서도 더 많이 토론되고 비판되고 검토되기를 희망합
니다. 이 연구가 제시한 질문과 대담한 상상력과 사회
학적 분석이 우리 사회의 기원을 성찰적으로 이해하
는 데 큰 기여를 했음을 높이 평가합니다. 앞으로 송호
근 교수가 1919년 이후의 한국 근대의 본격적 형성과

전개에 대해서도 밀도 높은 저서를 산출해 주기를 희
망하며, 수상을 축하드리는 바입니다.

제22회 지훈학술상 심사위원회

심사위원장 **박명림** | 심사위원 **허은 · 김홍중**

거짓과 비겁함이 넘치는 오늘,
큰 사람을 만나고 싶습니다

———————

장강(長江)으로 흐르는 글과 사상!
우리의 소심함을 가차없이 내리치는 죽비 같은,
《조지훈 전집》에는 큰 사람, 큰 글, 큰 사상이 있습니다.

난세라는 느낌마저 드는 요즈음 나는 젊은이들에게
지훈 선생의 인품과 기개,
그리고 도도한 글들로 사상의 바다를 항해하고
마음밭을 가는 일을 시작하면 어떻겠는가, 말해주고 싶다.
—딸의 서가에 〈조지훈 전집〉을 꽂으며, 한수산(韓水山)

조지훈 전집 ————————————————————

제1권 시(詩)	제4권 수필의 미학	제7권 한국문화사서설
제2권 시(詩)의 원리	제5권 지조론	제8권 한국학 연구
제3권 문학론	제6권 한국민족운동사	제9권 채근담
		• 낱권으로도 판매합니다.

나남 nanam www.nanam.net | 031-955-4601